GUARDIÃO

GUARDIÃO
mal peet

Tradução
Juliana Lemos

martins fontes
selo martins

© 2013 Martins Editora Livraria Ltda., São Paulo, para a presente edição.
© 2003 Mal Peet
Esta obra foi originalmente publicada em inglês sob o título *Keeper*
por Walker Books Limited, London SE11 5HJ.

Publisher *Evandro Mendonça Martins Fontes*
Coordenação editorial *Vanessa Faleck*
Produção editorial *Valéria Sorilha*
Heda Maria Lopes
Preparação *Aluísio Leite*
Revisão *Flávia Merighi Valenciano*
José Ubiratan Ferraz Bueno
Pamela Guimarães

Dados Internacionais de Catalogação na Publicação (CIP)
(Câmara Brasileira do Livro, SP, Brasil)

Peet, Mal
   Guardião / Mal Peet ; tradução Juliana Lemos. --
1. ed. -- São Paulo : Martins Fontes - selo Martins, 2013.

Título original: Keeper.
ISBN 978-85-8063-111-1

1. Ficção inglesa I. Título.

13-04797   CDD-823

Índices para catálogo sistemático:
1. Ficção : Literatura inglesa 823

Todos os direitos desta edição reservados à
Martins Editora Livraria Ltda.
Av. Dr. Arnaldo, 2076
01255-000 São Paulo SP Brasil
Tel.: (11) 3116 0000
info@emartinsfontes.com.br
www.martinsfontes-selomartins.com.br

*Para meus filhos
e outros torcedores*

PAUL FAUSTINO COLOCOU uma fita virgem no gravador e apertou vários botões. Então deu um tapa no aparelho e disse:

— Quem é o principal jornalista especializado em futebol da América do Sul? Quem é o jornalista de futebol número um da América do Sul?

O homem que olhava para fora através da janela não se virou. Havia um sorriso em sua voz quando ele disse:

— Não sei, Paul. Quem?

— Eu. Eu sou. E será que a minha chefe vai me dar um gravador decente? Não, não vai. — Deu mais um tapa no gravador e uma luzinha verde apareceu no visor. Faustino sentou-se imediatamente na frente do pequeno microfone e falou.

— Testando. Data: dois de agosto. Primeira parte. Entrevista: Paul Faustino, do *La Nación,* conversa com o maior goleiro da história, o homem que há dois dias segurou nas mãos o troféu da Copa do Mundo na frente de 80 mil fãs e 220 milhões de espectadores.

Apertou alguns botões, voltou a gravação e ouviu novamente.

O escritório de Faustino ficava no sétimo andar de um prédio empoleirado em um dos morros que tinham vista da cidade. O homem grande, em frente à janela, não achava difícil se imaginar como um gavião planando acima da malha de prédios e das luzes distantes, brancas e vermelhas, do trânsito. Em algum ponto, além daquele tapete iluminado, logo abaixo da camada de estrelas, estava a floresta.

Ele era alto, tinha exatamente 1,93 metro e um peso correspondente. Mas quando deu as costas para a janela e foi em direção à mesa onde estava Faustino, seus movimentos eram leves e rápidos, e, ao jornalista, parecia que o homem grandalhão tinha, de alguma maneira, deslizado suavemente pela sala até se sentar na cadeira à sua frente.

— Está pronto, *Gato*? — perguntou Faustino, com o dedo sobre o botão da pausa.

Na mesa, entre os dois homens, havia uma luminária, que fazia sombras profundas em seus rostos, duas garrafas d'água, uma jarra cheia de gelo e o maço de cigarros de Faustino. E um objeto, não muito comprido, de ouro. Ele tinha a forma de duas pessoas, usando algo parecido com camisolas, segurando um globo. Não era muito bonito. Do ângulo onde Faustino estava, parecia mais um alienígena com uma cabeça grande e careca. E era o sonho de todos os jogadores de futebol do mundo.

O troféu da Copa do Mundo. Parecia brasa sob a luz da luminária.

O homem alto entrelaçou os dedos de suas enormes mãos sobre a mesa.

— E então? Vamos lá? — perguntou ele.

— Primeiro vamos dar uma pincelada histórica geral, tudo bem? — disse Faustino, levantando o dedo do botão e iniciando a gravação. — Me fale sobre o lugar de onde você veio.

— Quase do fim do mundo. Era o que parecia. Uma estrada de terra vermelha saía de algum canto e passava no meio da nossa cidadezinha. E então seguia até o limite da floresta, onde os homens cortavam árvores. Além desse limite não havia nada, ou pelo menos era o que o meu pai me falava. Com isso ele queria dizer que a floresta parecia seguir até a eternidade. Todos os dias, ao amanhecer, vários caminhões paravam na parte alta da cidade, onde os homens ficavam esperando. Meu pai era um deles. Ele subia em um caminhão e ia trabalhar cortando as árvores. Às vezes ele voltava para casa e contava histórias para a gente, como quando seu grupo cortou uma árvore bem grande e os macacos que moravam nela ficaram grudados nos galhos mais altos até quase atingirem o chão, e depois saíram correndo para dentro da floresta com os filhotes pendurados na barriga. Eu não sabia se essa ou as outras histórias que ele contava eram verdadeiras ou não. Mas cresci ouvindo-as, adorando todas. Então, apesar de tudo que ele fez para tentar me impedir, talvez tenha sido o meu pai que me colocou no caminho que me trouxe até aqui.

"Durante o dia, os enormes tratores amarelos que levavam os troncos pela estrada passavam rugindo pela cidade em meio a uma nuvem de poeira vermelha que se espalhava pela praça onde a gente jogava futebol. Era só um pedaço de terreno entre a igreja de zinco e o bar. Não tinha grama. Os jogos começavam assim que a gente saía da escola e só acabavam quando os nossos pais voltavam nos caminhões e o dia estava ficando escuro. Claro, todo mundo era doido por futebol.

"Na verdade, não só as crianças eram obcecadas por futebol. Todo mundo era. O bar tinha uma TV e todo mundo se espremia ali para ver os grandes jogos. As paredes eram forradas de pôsteres e fotos — nossos jogadores, jogadores alemães, espanhóis e ingleses, grandes jogadores e times do passado. E depois de uma grande partida, mesmo que estivesse escuro, mesmo que estivesse chovendo, a gente corria para a praça para imitar o jogo, usando os nomes das grandes estrelas: Pelé, Tony Canadeo, Garrincha, Maradona, sei lá quem mais."

— E você era *El Gato*. O Gato — disse Paul Faustino.

O goleiro alto sorriu e continuou:

— Ah, não. Ainda não. Na verdade, eu era um inútil. Não sabia jogar. Os outros meninos faziam coisas incríveis. Matavam a bola com o bico da chuteira. Corriam com a bola na cabeça, faziam gols de bicicleta, coisas assim. Eu não conseguia fazer nada disso. Quando eu recebia a bola — o que não era muito frequente, já que todo mundo fazia de tudo para que isso não acontecesse —, ela sempre parecia ficar presa entre os meus tornozelos ou bater nos meus joelhos. Eu não tinha equilíbrio: um empurrão de leve de um menino menor me derrubava como se eu fosse um bode bêbado. Eu era alto demais. Tinha braços e pernas magricelos e mãos grandonas, desajeitadas. Me chamavam de *La Cigüeña,* a Cegonha. O que não estava muito longe da verdade.

Faustino ficou intrigado.

— Mas você jogava no gol, é claro.

— Não. E nem queria. Eu sonhava em ser atacante, em fazer gols incríveis que levantariam as torcidas imaginárias, urrando. Todos nós sonhávamos com isso. Além disso, havia dois meninos grandes e fortes que eram sempre os goleiros. Então eu fui ficando cada vez mais fora do jogo. E mesmo naquela época, se acontecia de uma bola vir na minha direção, o jogador mais próximo de mim gritava 'Deixa!' e pegava a bola no meu lugar. Um dia, eu joguei durante duas horas e não toquei na bola uma única vez, exceto quando ela bateu em mim, por acaso. Foi nesse dia que eu decidi abandonar o futebol. Eu tinha treze anos.

— Mesmo assim, você jogou algumas partidas desde então — disse Faustino, em tom neutro.

O goleiro sorriu novamente.

— Minha aposentadoria foi meio prematura, como você pôde perceber. Mas nunca mais joguei na praça. E foi desistir do futebol que me transformou num jogador.

— Não entendi — disse Faustino. — Como assim 'desistir do futebol me transformou num jogador'?

— Eu não estava aprendendo nada na praça. Se eu não tivesse abandonado, não teria ido para a floresta, que foi onde aprendi tudo.

— Estou com a impressão de que não vou conseguir respostas fazendo perguntas — suspirou Faustino. — Está bem, me conte a história. Conte como um não jogador passa o tempo numa cidadezinha louca por futebol à beira da floresta.

— No começo, eu não sabia o que fazer. Sem o futebol, as tardes pareciam durar uma eternidade, e não havia nada, *absolutamente nada* para fazer. Minha mãe e minha avó não queriam que eu ficasse sem fazer nada, e, naquela época, de forma nenhuma um menino ajudaria no trabalho de casa. Eu poderia ler, claro, mas os únicos livros da cidade estavam na escola. Eu precisava, de alguma maneira, encher as tardes durante os dois longos anos antes de subir no caminhão com o meu pai e sair para o trabalho.

Faustino chegou mais perto do microfone e disse:

— Fale um pouco da sua família, *Gato*. Como era a sua casa?

— Era como todas as outras. Não, um pouco maior, porque tinha a vovó, a mãe do meu pai, morando com a gente, e o pai construiu um puxadinho nos fundos. Ele sempre chamava de 'novos aposentos', apesar de ter construído aquilo quando eu tinha cinco anos de idade e a minha mãe já estava esperando mais um bebê, a minha irmã. Na verdade, esses aposentos eram só uns cubículos. Minha mãe e meu pai dormiam em um deles. A vovó e a minha irmã dormiam em outro, e eu ficava no terceiro quarto, o menor. Minha avó roncava muito alto, e as paredes eram tábuas bem fininhas. Às vezes, o ronco dela deixava a gente doido. Com exceção da minha irmã, estranhamente. Embora ela dormisse no mesmo quarto, os roncos da minha avó não a incomodavam. Ela costumava dizer que se a vovó parasse de roncar, ela nunca mais conseguiria dormir. O ronco da minha avó era o ritmo do sono da minha irmã.

"Mas a nossa casa era igual às outras, basicamente. Blocos de concreto pintados de branco com telhado de zinco. A cidade toda foi construída muito rápido — 'de um dia para o outro', dizia a vovó. Uma escavadeira fez a estrada até a floresta e depois fez uma clareira, e aquelas casas foram levantadas para os lenhadores. A parte principal da casa era uma sala com uma cozinha improvisada num canto. Algumas famílias faziam comida num fogão a lenha, mas a gente tinha um fogão a gás. A água vinha de um cano que a gente dividia com cinco outras famílias. O meu pai cobriu o telhado com folhas e galhos para diminuir o calor, mas, no verão, a sensação de estar dentro de um forno continuava. Naqueles meses, a gente vivia e comia fora de casa. Meu pai dormia numa rede pendurada entre uma aroeira e um gancho na parede da casa."

El Gato parou de falar. Estava olhando para o troféu dourado à sua frente, e Paul Faustino podia ver dois reflexos brilhando nos olhos do goleiro.

— Eu tinha uma fantasia... — disse *Gato*. — Posso te contar?

Faustino sorriu e fez um gesto gentil.

— Mas é claro.

— Eu imaginava ganhar isto aqui — disse *Gato*, passando o dedo em movimentos circulares na parte superior do globo. — E aí levaria para casa comigo. De noite, em segredo. Sem avisar ninguém. O meu pai estaria dormindo na rede. Eu colocaria a taça devagar sobre o peito dele e, em seguida, suas mãos em volta dela. E aí, quando ele acordasse, estaria abraçado ao maior prêmio do mundo. E eu ficaria ali, vendo a reação dele.

— E agora que você tem a taça, pode realizar a sua fantasia. É isso que você vai fazer? Posso ir com você? Tudo bem se eu tirar umas fotos?

— Infelizmente, o meu pai morreu — respondeu *Gato*.

Faustino ficou em silêncio durante um longo momento, por respeito ou, talvez, por decepção. Então o goleiro tirou a mão e os olhos do troféu dourado e disse:

— Sobre o que a gente estava falando mesmo?

Faustino lembrou-o, com delicadeza:

— Sobre o que você fez quando desistiu de jogar futebol.

EL GATO TOMOU um pequeno gole d'água e disse:

— Quando eu desisti de jogar bola, percebi uma coisa. Percebi que o mundo em que eu vivia era *baixo*.

— Baixo? — repetiu Faustino. — Como assim, *Gato*?

— Eu era bem alto, como disse. De pé no meu quarto, conseguia tocar as vigas que sustentavam o teto. Na sala de aula, a gente olhava para baixo: para os livros, para a ponta do lápis, para a página do atlas que mostrava o nosso país e o espaço vazio onde ficava a nossa cidadezinha. E na praça, nas partidas, eu olhava os pés. Estava sempre olhando para baixo. Acho que é possível dizer que eu nunca tinha levantado os olhos até desistir de jogar futebol."

— E quando você parou e levantou os olhos, o que você viu?

— Céu e árvores. Céu e árvores. Muito simples. Você pode achar difícil de acreditar, mas até então eu nunca tinha pensado nisso. Nunca tinha pensado que estava morando num lugar pequeno que antes era uma floresta. Não tinha me dado conta de que, se as árvores não tivessem sido derrubadas para que a nossa cidade fosse construída, eu jamais veria as estrelas. As árvores são altas e ocupam todo o céu, sabe? Na floresta, o céu é uma coisa rara.

"Como eu não jogava mais, me vi deitado de costas, olhando para o céu, observando como as nuvens e depois as estrelas desapareciam na floresta, como a mata cobria e engolia tudo. Entendi que eu estava *cercado*. E que queria sair dali. Então comecei a andar em direção à floresta, para ver se havia alguma saída. E também porque não havia mais nada para fazer.

"Você precisa entender que a floresta, ou a selva, como quiser chamar, estava o tempo todo querendo engolir nossa cidadezinha. Ela esticava seus compridos dedos verdes pelos espaços da clareira e subia pelas paredes, levantava os telhados. Nos domingos, depois da igreja, o meu pai andava ao redor da nossa casa com um facão, cortando os dedos da selva, para deixar a casa segura e sem folhas. Pelo menos uma vez por mês alguma coisa saía de fininho do meio da floresta e roubava uma das nossas galinhas. Antes de a gente ir dormir, o pai circulava a casa com uma tocha e um pau pesado, em busca de cobras. E como ele e os outros homens e mulheres da cidade passavam tanto tempo fazendo a selva recuar, havia um pequeno cinturão de terreno semisselvagem ao redor das casas, uma faixa de arbustos que resistiam, com caminhos entre eles, caminhos por onde passavam nossos vizinhos. Mas só durante o dia.

"Um dia, decidi atravessar essa área segura perto das casas e entrar na floresta alta e escura. Não que eu fosse muito corajoso. Estava me sentindo entediado e solitário. Foi por isso que eu fui. Andei pelos caminhos onde as galinhas e os porcos procuravam comida até chegar à parede lúgubre da floresta.

"Havia caminhos que penetravam a mata. Eu era só uma criança, é claro, então não entendia que esses caminhos tinham sido feitos por animais, e não por gente. Eu seguia por eles até que desaparecessem, até que sumissem por entre o enredado das raízes e o grosso tapete de folhas e samambaias. Via insetos cintilantes e sapos reluzentes, e às vezes papagaios de penas brilhantes; aprendi a diferença entre os gritos inofensivos desses animais e o silêncio sombrio que tomava conta da selva quando uma onça estava por perto. E quando eu me deitava para dormir, na escuridão quente do meu quarto, sonhava com essa nova e fascinante escuridão.

"Como já disse, eu não era corajoso. Sentia medo da floresta como todo mundo. Coisas que eu não conseguia ver saíam correndo perto dos meus pés. Coisas se chocavam por entre as folhas acima da minha cabeça. Às vezes eu gritava alto, de susto. E a floresta também tem um cheiro — um tipo de odor pesado, doce, meio apodrecido, que deixa o ar abafado, difícil de respirar. A luz é fraca e verde. Nos pontos em que o sol consegue penetrar, a luz é interrompida pelas folhas, formando manchas e pintas de luminosidade e sombra, por isso costuma ser difícil distinguir o formato das coisas."

Paul Faustino estremeceu teatralmente:

— Não é bem o meu tipo de lugar — disse ele.

— Não — continuou Gato, tentando imaginar seu elegante amigo tendo de lidar com a falta de conforto da selva. — E havia muita gente que achava que também não era lugar para mim. Nossa cidade era pequena, as pessoas gostavam de falar, e não demorou até minha família ficar sabendo das minhas pequenas expedições pelo desconhecido. Meu pai foi inflexível. Ele sabia o quanto a selva era perigosa, porque era seu trabalho lutar contra ela. Falou de plantas que arranham e enchem as feridas com um veneno que se espalha pelo corpo e mata em uma hora. Falou que um homem que trabalhava com ele tinha ido fazer xixi na floresta e nunca mais voltou. Falou de tribos secretas, gente selvagem com o rosto pintado que roubava crianças para comer. Minha mãe chorava e rezava em voz alta enquanto ele me falava essas coisas.

"Mas quando o assunto eram histórias de terror sobre a floresta, ninguém chegava aos pés da vovó. Ah, as coisas que ela me contava! Que nos rios e lagos havia cobras gigantes. Se você olhasse para a água, dizia minha avó, essas cobras te hipnotizavam com o fogo frio e azul dos olhos, e então saíam da água, te esmagavam até você morrer e te engoliam inteiro. Ela me contou, agoniada, sobre a árvore *ya-te-veo*, que tinha raízes enfeitiçadas, vivas, compridas, cobertas de espinhos maiores que facas. Se você andasse perto delas, as raízes te capturariam e te pregariam no tronco, e aí você ficaria ali preso, esperando agonizante pela morte, enquanto a árvore bebia o sangue que escorria dos seus cortes. Havia aranhas gigantes que pulavam no seu rosto e te sufocavam com seus corpos espessos e peludos. Vermes que entravam pelo meio dos dedos dos pés e subiam pelo corpo até chegar à cabeça, e comiam o cérebro, então a pessoa enlouquecia antes de morrer. Ela tinha uma ótima imaginação, a minha avó. Devia ter sido roteirista de filme americano. Mas a *pior* coisa, disse ela, fazendo o sinal da cruz, eram os Mortos Que Esperam e que moravam na escuridão da floresta. Eu fiquei intrigado. E também interessado.

'Você está falando de fantasmas, vovó?'

Ela encolheu os ombros. 'Fantasmas, zumbis, eles são chamados de muitos nomes diferentes.'

'E por que você disse que eles esperam, vovó? Estão esperando o quê?'

'Estão esperando por aquilo que fará com que eles fiquem mortos de verdade, para que seus espíritos famintos possam descansar em paz. Até conseguirem isso, eles ficam esperando, procurando. Talvez para sempre. Uma coisa terrível', disse ela, encenando um arrepio.

'Eu ainda não estou entendendo', eu disse. 'Que coisa é essa que os Mortos Que Esperam estão esperando?'

'Uma coisa que eles queriam muito quando estavam vivos e que nunca tiveram. Não podem morrer de verdade porque ainda anseiam por isso.'

Maluquice, é claro, mas eu fiquei fascinado. 'Mas que tipo de coisa?', insisti.

'Pode ser qualquer coisa', disse ela. 'Talvez tenha um lá, esperando, que sempre quis ter um filho. Um filho alto, bonito, de treze anos de idade.'

E aí ela fez o sinal da cruz de novo e me abraçou. 'Não, Deus me livre de dizer uma coisa dessas.'

Mas, apesar de tudo isso, eu sempre ia para a floresta. Por quê? Bom, como eu disse, eu não tinha mais nada para fazer e nenhum lugar para ir. E eu via coisas incríveis. Beija-flores de um verde cintilante, menores que borboletas, uma família de minúsculos sapos cor de esmeralda morando numa poça diminuta, mariposas com asas transparentes, como se fossem pedaços de vitrais de igreja, lacraias douradas maiores que o meu braço caminhando no solo, entre as folhas caídas da floresta. Via besouros que pareciam flores e flores que pareciam besouros."

El Gato percebeu a expressão no rosto de Faustino e riu.

— Essas coisas de natureza atiçam a sua imaginação romântica, não, Paul?

— Ah, sem dúvida — disse Faustino, tentando sem sucesso acender o isqueiro. — Nunca é demais. Nós da cidade adoramos insetos que sobem em você e flores esquisitas. Continue, por favor.

— Tá bom, Paul, tá bom. Mas olha... Quando você escrever essa história, vai precisar tapar o nariz e, de alguma maneira, passar para os leitores a magia da floresta. É importante, de verdade. Você vai ver por quê. Prometo.

— Vou fazer o possível — disse Faustino e, ao ver a expressão desconfiada no rosto do goleiro, ergueu as mãos num gesto de rendição e repetiu o que disse.

— Tá bom, Paul, eu confio em você. Enfim, apesar de tudo que a minha família disse, eu avançava cada vez mais floresta adentro. Hoje, olhando para trás, acho que eu estava buscando alguma coisa *na* floresta, e não uma *saída* dela.

— E você encontrou? Essa coisa que estava buscando?

Agora estava mais escuro, e a cidade abaixo do escritório de Faustino era uma dança alegre de anúncios em neon e tráfego. O goleiro alto foi até a janela e olhou para tudo lá embaixo, espalmando as mãos grandes sobre o vidro.

— Não. Foi 'a coisa' que me encontrou.

GATO DEU AS costas à cidade e disse:

— Aconteceu no dia em que quebrei a única regra que havia estabelecido para mim mesmo. Como eu disse, costumava seguir as trilhas que entravam na floresta até elas sumirem, e aí ou eu dava meia volta, seguindo-as de volta, ou então explorava um pouco mais por perto delas. Mas só me afastava um pouquinho, para saber onde a trilha estava. A única coisa de que eu tinha muito medo era me perder, e de estar perdido ali quando a escuridão chegasse. Então esta foi a regra que estabeleci — nunca perder a trilha de vista. E aí, um dia, quebrei essa regra. Não sei por quê. Acho que, através da vegetação à minha frente, vi uma área maior iluminada pelo sol. Talvez a minha curiosidade tenha sido mais forte que o meu bom senso. Sei lá. Enfim, fui abrindo caminho pela folhagem, passando por cima de um tronco cuja madeira estava macia de tanto musgo e podridão, e afastei uma cortina de folhas grossas, carnudas. E me vi em um espaço aberto.

"Provavelmente você deve achar que isso não é nada de mais. Mas se você conhecesse a floresta, dificilmente acreditaria em mim, porque não é possível haver um espaço aberto no meio da selva. Alguma coisa, *qualquer coisa*, acaba ocupando qualquer espaço em que haja luz para viver e crescer. E mesmo assim lá estava essa clareira coberta de grama. Sim, grama. Grama curta. *Gramado*. Impossível. Simplesmente impossível. Entrei nessa grama bem devagar, bem mais assustado com aquela clareira do que com qualquer outra planta ou criatura que já tivesse encontrado na selva. E fazia silêncio, *muito* silêncio. Os zumbidos, tiques, gritos e chamados da floresta ficaram abafados, e depois em silêncio.

"Eu estava num espaço que devia ter uns noventa metros de comprimento e cerca de metade disso de largura, e eu tinha saído da floresta e entrado ali em algum ponto mais ou menos na metade do comprimento. Olhei primeiro para a esquerda e vi que a clareira terminava numa muralha densa de árvores à sombra. E aí eu olhei para a direita. E fiquei gelado.

"Bem ali, com as costas voltadas para as árvores, estava um gol. De futebol. Duas barras verticais e uma horizontal. Com uma rede. Uma rede presa como se fazia antigamente, puxada para trás e fixa em duas estacas atrás do gol. Meu cérebro travou. Eu conseguia ouvir meu coração batendo. Devia estar com cara de idiota, os olhos com uma expressão insana, esbugalhados, a boca aberta. Finalmente tomei coragem para dar alguns passos na direção do gol, aquele gol improvável. A madeira das traves tinha uma cor cinza meio prateada, e era áspera, porosa. Gasta pelo tempo, feito a madeira dos barcos velhos que ficam anos numa praia. Brilhava um pouco. A rede tinha a mesma cor, cor de teia de aranha, e pequenas trepadeiras verdes e finas subiam pelas duas estacas que a seguravam.

"Pareceu uma eternidade, uma vida inteira, até que eu chegasse naquele gol. Quando cheguei, levantei as mãos e segurei a rede. Estava firme e forte, apesar da idade. Fiquei completamente estarrecido, e fiquei ali de pé, os dedos enfiados na rede, de costas para a clareira, tentando e não conseguindo entender aquilo tudo.

"E aí meus dedos começaram a tremer, e depois as minhas pernas, porque de repente eu tinha certeza de que não estava sozinho. Não sei como tive forças para me virar.

"E agora é que fica difícil colocar as coisas em palavras, Paul. Eu poderia dizer que ele saiu do meio das árvores, mas não seria exatamente correto. Ele entrou na clareira, é verdade, mas não parecia ser sólido até parar de se mover. Sabe quando às vezes a imagem na TV não está muito boa e tem uma espécie de sombra que delineia as figuras, então tudo parece estar acontecendo em dobro? Foi meio assim: eu o vi se mover e o vi ficar parado ao mesmo tempo.

"Era um goleiro, mas eu nunca tinha visto uma roupa de goleiro como a dele. Estava usando um suéter de gola alta. Verde, igual à floresta. E shorts compridos, feitos de algum tecido de algodão que parecia pesado. Fiquei imediatamente impressionado com suas chuteiras, que eram de cano alto, desajeitadas, feitas de couro marrom e presas de um jeito muito complicado — os cadarços passavam por cima e por baixo de seus pés e eram amarrados na parte de trás do tornozelo. Estava usando um gorro de pano também antiquado, com uma ponta comprida que fazia uma sombra profunda na parte superior de seu rosto; então não consegui ver seus olhos. Talvez por isso o rosto dele não tinha nenhuma expressão. Sob o braço esquerdo, segurava uma bola de futebol — não do tipo com que a gente jogava na praça, e sim uma marrom, feita de couro, com uns gomos costurados de tal forma que parecia uma parede de tijolos.

"E lá estávamos nós, encarando um ao outro. Tudo o que eu ouvia eram as batidas do meu coração. O que eu queria, acima de tudo, era não estar lá. Era como estar tendo um pesadelo sabendo que se está tendo um pesadelo, e que tudo o que você precisa fazer é acordar, mas não consegue. Eu tremia feito vara verde. Acho que devo ter me mexido, feito algum movimento para correr e voltar por onde vim, porque então ele falou comigo. O Goleiro falou, e aí eu fiquei com medo *de verdade*.

"Sabe como os filmes estrangeiros são dublados aqui neste país, Paul? Os atores mexem a boca e a voz de outra pessoa diz as palavras na nossa língua, mas os lábios do ator não se encaixam exatamente com o som. O jeito que o Goleiro falava era assim. Sem sincronia. As palavras pareciam levar um bom tempo para me alcançar.

"E o que ele disse foi: 'Aí. O seu lugar. É aí que você deve ficar'.

"Então, claro que eu pirei. Devo ter gritado, não sei. O que sei é que de repente estava me enfiando por aquela cortina de folhas e me jogando sobre aqueles troncos podres cheios de musgo, correndo e tropeçando, tentando voltar para a direção na qual eu esperava fervorosamente que estava minha casa.

"Naquela noite, no meu quarto quente e escuro, fiquei tremendo como se estivesse com febre. Sonhava com aquilo sem parar: a clareira exatamente do jeito que eu a vi, mas totalmente iluminada, como se um milhão de lâmpadas jogassem sua luz sobre ela. Uma luz tão brilhante que tirava a cor de tudo, e a única sombra era aquela que ocultava metade do rosto do Goleiro por debaixo de seu gorro. A clareira, o gol, as árvores, tudo estava prateado sob o céu negro. No sonho, eu olhava para as árvores prateadas e elas se agitavam loucamente, como se estivessem sob uma forte ventania. E o vento tinha uma voz, uma voz alta e sussurrante que dizia: '*Aí. O seu lugar. É aí que você deve ficar*'.

"Eu acordei desse sonho sei lá quantas vezes durante aquela noite. Mas todas as vezes que eu adormecia de novo, lá estava eu naquela clareira iluminada e prateada, sob a ventania, com o Goleiro. Não conseguia escapar dele. E aquelas mesmas palavras, repetidas infinitas vezes: *Aí. O seu lugar. É aí que você deve ficar.* Às vezes o vento é que pronunciava as palavras, às vezes ele, a boca se mexendo antes de as palavras chegarem até mim. Quando já estava amanhecendo, tive, exausto, aquele sonho uma última vez e ouvi a voz novamente. Contudo, dessa vez não era a voz do vento e não era a voz do Goleiro. Era a minha própria voz, dizendo: *Aqui. Meu lugar. É aqui que eu devo ficar.*

"Na manhã seguinte, eu estava um trapo. Bastou minha mãe olhar para mim para descartar a ideia de me mandar para a escola. Fez um chá forte e me colocou na rede do pai, à sombra da árvore.

"À tarde, fui para a praça ver o jogo. Sentei na varanda do bar, ao lado do tio Feliciano, irmão da vovó, o que tinha a perna torta. Ele me comprou uma Coca, pagando por ela com uma nota amassada e imunda que achou em meio às suas muitas camadas de roupas velhas. E então descansou o queixo nas mãos que estavam apoiadas na parte de cima de sua bengala. Ficou olhando o jogo: as brigas, os xingamentos, os apelos a um juiz invisível, os meninos que faziam gol caindo de joelhos com os braços erguidos, feito os jogadores na TV.

"Depois de um tempo, ele perguntou, sem virar a cabeça para me olhar: 'Por que você não joga?'.

Encolhi os ombros e disse: 'Não estou me sentindo muito bem. Acho que é febre'.

'Não, não é isso. Você não joga mais. Não joga há um bom tempo. Eu percebi.'

Eu não disse nada.

'A Maria diz que você vai para a floresta.'

Levei alguns segundos para lembrar que o nome da minha avó era Maria.

'Às vezes', eu disse.

'Só fico imaginando o que a Maria diz sobre isso', disse tio Feliciano, sem tirar os olhos da praça. 'Todas aquelas histórias horríveis dela. Ela te contou?'

'Sim.'

O velho fez um barulho rascante, que talvez fosse uma risada.

'Essas velhas...', disse ele. 'Elas não têm muitos prazeres, e um deles é assustar meninos.'

E então ele finalmente se virou para olhar para mim, tirou uma mão da bengala e acariciou meu rosto com um dedo dobrado.

'Você viu alguma coisa', disse.

Eu me concentrei na garrafa de Coca-Cola.

'Não', respondi.

'Sim', ele insistiu. Voltou a olhar o jogo, mas sem prestar atenção. 'Você viu alguma coisa na floresta. Dá para perceber. Escute. Você acha que eu sou um velho bobo. Talvez eu seja. Mas te comprei a Coca e quero que você me ouça até terminar de tomar.'

Eu tinha mais uns três goles grandes na garrafa.

'Tem a ver com respeito. *Respeito*. Você sabe o que isso significa?', disse o velho.

'Acho que sim, tio.'

'Acho que não. Eu não sabia o que era respeito quando tinha a sua idade. Mas digamos que você saiba. Então, se você respeitar a floresta, não haverá nada nela, absolutamente *nada*, que possa te fazer mal. Pode acreditar.'

Fez um gesto como se estivesse limpando teias de aranha à sua frente.

'Tudo isso', continuou ele, 'essa praça, essa igreja de lata, o jogo aqui, tudo isso só está aqui porque a floresta permite. O seu pai pensa que a floresta pode ser vencida, afastada. Ele ainda anda ao redor da casa aos domingos com o facão?'

Eu sorri e disse: 'Sim, tio. Ele faz isso'.

'Rá! Ele está travando uma batalha perdida e acha que pode vencer. Acha que, quando ele e seus amigos cortarem a floresta toda, vai sobrar um mundo bonito para habitar? Um mundo de poeira vermelha, onde ele pode ser feliz?'

Eu tinha mais um gole de Coca na garrafa. Levantei a garrafa até os lábios. O velho esticou o braço e me impediu.

'Confie na floresta', disse ele. 'Respeite a floresta. Não é você que está desbravando a mata. Ela é que está desbravando você.'

Terminei a Coca."

— ENTÃO EU VOLTEI lá, como sabia que voltaria.

"Não olhei, mas soube, assim que coloquei o pé na clareira, que o Goleiro também estava lá. Andei, do jeito mais firme que consegui, até o gol. Não sei por quê. Talvez achasse que fosse me sentir mais seguro ali. Virei para encará-lo. Ele estava exatamente do mesmo jeito: com olhos invisíveis, a velha bola de couro encaixada no braço. Imóvel.

"Ficamos ali nos encarando, como antes. E aí ele começou a andar na minha direção. Minha boca ficou completamente seca. O desejo de sair correndo era quase forte demais para resistir. E então ele parou, a uns vinte metros de distância. Colocou a bola no chão e deu alguns passos para trás. De alguma forma, eu sabia o que devia fazer, então fiz. Dobrei os joelhos, levantei os ombros, abri os braços. Eu era desajeitado, eu sei, tentando cobrir o gol. Sabia quem eu era: *Cigüeña*, a Cegonha.

"Nada aconteceu.

'O que você está esperando?', eu disse, surpreso em ouvir minha própria voz.

"E então ele se moveu daquele jeito dele, como uma fotografia se mesclando a outra. Atingiu a bola com uma força incrível. Ela passou por mim fazendo um barulho que parecia alguém ofegando. A rede inflou e sibilou, e a bola rolou lentamente para fora do gol, passando pelos meus pés, que estavam congelados no mesmo lugar. Eu não tinha me movido nem um centímetro.

"Os lábios do Goleiro se movimentaram fora de sincronia com as palavras: 'O que você estava esperando?'.

"Minha cabeça zunia com tantas perguntas, e eu, de alguma maneira, consegui balbuciar o que pensava. 'Quem é você? O que você quer? O que quer que eu faça?' E então achei a pergunta certa: 'Por que você me trouxe aqui?'.

"O Goleiro, então, veio na minha direção. O meu corpo inteiro tremeu, mas eu fiquei ali. Ele se inclinou e pegou a bola com uma mão só.

'Para ficar no gol. Você sabe disso', respondeu ele.

'Eu não sei. Não sou goleiro. Não sei jogar futebol. Já parei de jogar.'

'Sim, você parou para que possa começar a aprender', disse ele. 'Temos muito trabalho pela frente. Vamos começar.'"

El Gato juntou as pontas de seus dedos compridos e descansou as mãos sobre a mesa.

— Dois anos, Paul. Quase todas as tardes, durante dois anos. E no fim desse período, eu já sabia praticamente tudo que sei hoje. Sim, tudo bem, joguei profissionalmente durante quatorze anos, dois deles na Itália, e sou mais forte e talvez um pouco mais rápido do que era naquela época. Mas tudo o que eu sei sobre futebol e ser goleiro, tudo o que eu sei *de verdade*, eu aprendi naquela floresta.

Faustino não conseguia pensar em nada para dizer, o que, para ele, era novidade. Olhou de lado para o goleiro, pensando se talvez aquela história não fosse algum tipo de piada. Mas o rosto de *Gato* estava sereno, sem nenhum ar maroto. Então o jornalista pigarreou e disse:

— E como funcionava esse... hã... esse treinamento na floresta? Eram só vocês dois?

— Bom, sim e não. Descobri que havia muitos professores na floresta. E logo vou chegar lá. Mas, naquele primeiro dia, o Goleiro começou me massacrando — acabando comigo. Ele simplesmente fazia gol atrás de gol, sem dizer nada, só colocando a bola na grama, dando um ou dois passos para trás, desaparecendo de leve, depois voltando a ficar em foco e dando um chute para dentro da rede. Eu pulava e me agitava na boca do gol feito um peixe num anzol, mas nunca consegui sequer encostar um dedo na bola. Meus olhos ficavam cheios de suor e lágrimas de frustração. Depois de um tempo, simplesmente parei de tentar bloquear os chutes dele e fiquei ali, parado entre as traves, olhando para ele. E quando eu parei, ele parou também.

'Ótimo', disse o Goleiro. 'Você já aprendeu a ficar parado. Fica aí e me diz para onde é que essa bola vai.'

'Como? Como assim?'

'Fique me observando, menino. Não olhe para a bola. Olhe para mim. E quando o meu pé atingir a bola, me diga para onde é que ela está indo. Se vai ser alta, baixa, para a esquerda ou para a direita. Grite. Não se mexa, não tente impedir a bola. Só grite para onde a bola está indo.'

"Ele colocou a bola no gramado e foi para trás. Eu o vi dar dois passos rápidos e, assim que ele atingiu a bola, eu gritei: 'Alto, direita!'. A bola entrou voando pelo canto superior do gol, acima do meu ombro direito.

'De novo', ordenou o Goleiro. Eu mandei a bola rolando para ele. Enquanto ele ainda se movia, deixou o ombro direito levemente mais baixo e mandou a bola na minha direção com o pé esquerdo.

'Baixa, direita!', eu gritei. A bola passou numa linha reta e entrou na rede, à minha direita, dois centímetros acima da grama. Peguei a bola da rede e virei para ele.

'O mais difícil é saber como sabemos alguma coisa', disse ele. 'Explique para mim como você sabia aonde a bola estava indo.'

'Eu não sabia', respondi. 'Foi chute.'

"O Goleiro colocou as mãos nos quadris.

'Me dá a bola. Vamos testar se você consegue adivinhar mais.'

"Ele chutou mais dez bolas para dentro do gol e eu acertei oito.

'Você está lendo o corpo', disse ele. 'Quando um jogador chuta uma bola para o seu gol, ele faz coisas que te dizem para onde ele quer que a bola vá. Ele vai se inclinar de leve para a esquerda ou para a direita para colocar peso no chute, e seu próprio peso em um pé ou no outro. Ele pode deixar um ombro caído, e quase sempre o chute dele vai estar alinhado com aquele ombro. A maioria dos jogadores não consegue ficar sem olhar, nem que seja por uma fração de segundo, para o ponto onde quer mandar a bola. Um jogador destro pode dar uma *paradinha*, mas, se ele levantar o braço direito para cima e para trás, com certeza vai chutar com a direita. Todas essas coisas você pode aprender. Mas ter um instinto para sabê-las é um dom. E, como imaginei, você tem esse dom.'

"Fiquei satisfeito comigo mesmo. Pelo menos durante alguns segundos, porque então o Goleiro disse: 'Mas esse dom, em si mesmo, não é nada. Não te transforma num goleiro.'

"E aí ele colocou a bola no chão, a alguns metros do meio do gol. No local onde ficaria a marca do pênalti.

'Agora você tem de me derrotar', disse ele. E passou por mim e entrou no gol, movimentando-se daquele jeito borrado com o qual eu lentamente me acostumava. Eu me esquivei quando ele passou.

"Eu não era bom de chute, Paul. Como disse, eu era um moleque alto e magricelo, e nunca sabia ao certo onde estava meu ponto de equilíbrio. Mas tinha prestado atenção no que o Goleiro havia me dito. Pensei em como disfarçar o meu chute. Decidi bater com a parte interna do meu pé direito e jogar a bola baixa, para a esquerda do Goleiro. Não olhei para ele, só para a bola. O chute foi bom. E quando olhei para cima, a bola estava nas mãos dele, e ele não estava mais no meio do gol. Ele tinha, de alguma maneira mágica, chegado exatamente no lugar em que eu havia mirado.

"Ele jogou a bola de novo para mim.

'De novo', disse.

"E, dessa vez, assim que mandei o chute, ele levantou o braço direito e a bola voou para a mão dele, como se eu tivesse mirado ali. Ele me passou a bola de novo.

"Vez após vez, e todas as vezes ele defendia. Não parecia estar fazendo esforço algum. Simplesmente aparecia facilmente no local onde eu não queria que ele estivesse.

'Você está lendo a minha linguagem corporal', eu disse.

'Não. Estou dizendo onde quero a bola e você está obedecendo. Deixa eu te falar uma coisa. Quando há um pênalti, a maioria das pessoas acha que quem vai chutar é que está no controle. Mas elas estão erradas. Quem vai bater o pênalti está morrendo de medo, porque todo mundo espera que ele acerte. Está sob grande pressão. Ele tem muitas opções e, assim que coloca a bola no chão e dá os passos para trás para chutar, sua mente está tomada pela possibilidade de fracasso. Isso o deixa vulnerável e deixa o goleiro ainda mais poderoso.'

'Então você está querendo dizer que, no pênalti, o goleiro pode decidir para onde a bola vai?'

'Sim. Os melhores goleiros conseguem fazer isso. Mas, como eu disse, você ainda tem muito a aprender. Por enquanto, você não sabe o que os seus olhos são capazes de fazer. Venha para cá amanhã e eu te ensinarei a ver.'"

— Eu voltei, é claro, na tarde seguinte, e lá estava ele de pé, como antes, com as costas para a escura muralha da floresta. Esperando.

"Entrei na clareira. Dessa vez, pareceu menos estranho fazer isso. Fui até o velho gol prateado, fiquei entre os postes e olhei para ele.

'Não. Venha para cá.'

"Eu não queria. Eu ainda tinha muito, muito medo de ficar perto dele. Tinha visto as mãos enormes dele agarrarem a bola, e as superstições da minha avó não saíam da minha cabeça.

"Fiquei a certa distância dele. A sombra sobre seu rosto estava mais escura do que nunca e ele parecia não ter olhos.

'Olhe', disse ele. 'O que você vê?'

"Eu não tinha a menor ideia do que ele queria que eu dissesse. Percorri os olhos pela clareira perto do gol e a rede cinza nele pendurada, e também por trás da rede, pelas sombras verdes cada vez mais profundas na floresta.

'O quê?', perguntei. 'Eu vejo o gol. Existe mais alguma coisa?'

'Tente de novo. Talvez eu esteja exigindo demais de você. Olhe para o travessão.'

"Então eu vi algo: um tipo de animal muito pequeno, movimentando-se pela trave. Daquela distância, era só um borrão marrom avermelhado, sem detalhes ou definição.

"O Goleiro levantou o rosto. Pensei ter visto dois brilhos de luz onde seus olhos deveriam estar.

'Olhe para o céu. Bem ali, olhe. O que você vê?'

"O céu estava todo de uma cor só, parecida com um tipo de metal brilhante. Era difícil olhar para ele. Apertei os olhos e vi um gavião pairando no ar, as asas abertas, o rabo listrado inclinado para baixo. Parecia pequeno de onde eu estava.

'Agora me diga: o que o gavião vê?'

"Protegi os olhos com a mão e, assim que o fiz, senti uma espécie de desequilíbrio, como se o espaço ao meu redor tivesse mudado de alguma maneira. O Goleiro repetiu a pergunta, mas dessa vez sua voz parecia vir de algum lugar dentro da minha cabeça. '*O que o gavião vê? Olhe!*'

"E eu vi através dos olhos do gavião. Lá embaixo, o formato regular da clareira verde-esmeralda era como um erro no infinito da floresta. Olhei para ela como se estivesse olhando através de um telescópio poderoso, um telescópio focalizado em uns poucos centímetros acima da trave, que agora eu via nos mínimos detalhes. E os olhos do gavião focalizaram algo. Uma espécie de camundongo, ou ratazana. Um pequeno mamífero com olhinhos brilhantes, orelhas grandes e rabo comprido. Que corria pela trave, parando de vez em quando, farejando o ar de um jeito ansioso. Senti seu medo, e também algo mais: havia uma conexão entre o caçador e a vítima. Era como se um fio os ligasse, como a linha de uma pipa ligada à mão da criança que a controla. Assim que eu percebi isso, o gavião contraiu as asas para perto do corpo e seguiu o fio invisível para baixo em uma velocidade absurda, abrindo as asas no último segundo possível, interrompendo a queda no instante em que suas garras se abriam sobre a presa. E logo estava de volta ao ar, o cadáver pendurado em suas patas.

"Tirei a mão de cima dos olhos e estava de volta ao gramado, na clareira, com o Goleiro.

'Entre no gol', disse ele, e foi levando a bola com o pé para longe de mim. Ele devia estar a mais ou menos uns vinte e cinco metros quando parou e virou para me encarar. Eu estava no centro do gol, em estado de choque. O Goleiro havia transformado os limites do meu mundo, ou talvez feito com que desaparecessem por completo. Agora, como se nada de extraordinário tivesse acontecido, ele estava se preparando para chutar a bola na minha direção.

"Foi um belo chute. A bola veio pela minha esquerda, desviando de uma barreira de jogadores imaginários, depois fez a curva e entrou no ângulo esquerdo. Mas eu *sabia* que ela ia entrar ali. Pude ver o caminho que seguia. Era como se ela estivesse voando por um fio invisível ligado à minha mão. Levantei voo feito um pássaro, estiquei a mão na sua direção e a empurrei com a palma da mão por sobre o travessão. Minhas pernas ficaram para tudo quanto é lado, e eu caí de um jeito feio no chão, quase me chocando contra a trave do lado.

"Quando levantei, o Goleiro estava de pé no mesmo lugar de onde tinha dado o chute.

'Bom' disse ele. 'Pelo menos você consegue ver.'"

EL GATO PEDIU licença e foi até o banheiro masculino, o qual — e isso era outra fonte de chateação para Faustino — ficava no fim do sétimo andar. O jornalista debruçou-se na cadeira e ficou considerando as opções. A primeira e mais óbvia era que o maior goleiro do mundo estava louco, completamente maluco. Essa ideia era, ela própria, insana: a calma do homem e seu controle absoluto sob pressão eram lendários. Por outro lado, Faustino disse a si mesmo, pessoas malucas, às vezes, são assim: parecem completamente normais, tranquilas, até que alguém ou algo toque num ponto específico e elas vão parar em outra órbita. Mas não. Ele conhecia o homem há anos, e se houvesse algum sinal de loucura oculta, ele teria notado. Além disso, o tom de voz do *Gato* era muito casual, sem um pingo da paixão de quem fantasia. Certo, então essa história de floresta era uma mentira que ele havia cuidadosamente elaborado. Mas para quê? Se tudo isso era besteira, e se fosse publicado sob o nome de Paul Faustino, sua credibilidade — e seu emprego — iriam por água abaixo. O que seria, então? Será que *Gato* tinha algum motivo para destruir a reputação de alguém que ele chamava de amigo? Esse pensamento fez Faustino esticar a mão na direção dos cigarros. Será que ele havia feito alguma coisa, escrito algo sobre aquele homem que mereceria esse tipo de vingança? Com pressa, Faustino reviu mentalmente a história de sua amizade com *Gato* e não encontrou nada.

Então: a loucura estava descartada, as mentiras elaboradas e deliberadas também... O que sobrava? Faustino não tinha ideia. Claramente não havia nada a fazer além de deixar o goleiro falar tudo e depois analisar a situação. Pedir conselhos para alguém, talvez. Mas a quem? Será que havia alguém que poderia comprovar aquela história maluca? Será que *Gato* havia contado aquilo para mais alguém? Ah, *isso* sim seria interessante...

Faustino soltou um suspiro e acendeu o cigarro. De uma coisa tinha certeza: aquela entrevista não ia durar uma hora, como ele havia planejado. Pelo jeito, ia durar a noite inteira.

O goleiro voltou para o escritório e sentou. Ficou olhando para Faustino em silêncio. Faustino o encarou de volta e ficou com a sensação muito desconfortável de que *Gato* sabia exatamente o que ele estava pensando. Nenhum dos dois falou nada. Finalmente, Faustino simplesmente inclinou-se para frente e apertou o botão para continuar a gravação. O goleiro recomeçou a falar. Com aquele mesmo tom de voz calmo:

— À medida que os dias e semanas passavam, o meu humor mudava feito o céu. Às vezes, eu voltava da floresta muito feliz, sabe? Em êxtase. Outras vezes, eu sentia quase um desespero, certo de que nunca conseguiria controlar as habilidades que o Goleiro tentava me ensinar. Muitas vezes, saía perdido nos meus pensamentos, relembrando a tarde. Passei a ficar distante dos outros, acho. Minha mãe, especialmente, ficou ansiosa com aquilo.

Quando perguntava o que eu andava fazendo, eu dizia que andava 'explorando'. Para tentar reconfortá-la, contava sobre as coisas que vira: flores, animais, insetos. Mas precisava inventar muita coisa porque, na verdade, eu não ligava mais para aquilo que via na floresta. Minhas incursões agora tinham um único propósito: chegar o mais rápido possível à clareira e ao Goleiro. Mesmo assim, minha mãe não abandonava a ideia de que eu tinha algum interesse científico; e foi isso que ela disse ao meu pai. Ele ficou meio desconfortável, mas fez um gracejo, e durante um tempo ficou me chamando de 'Explorador'. 'E o que foi que o nosso Explorador descobriu hoje?', ele perguntava quando nos sentávamos para comer. E aí eu falava sobre os besouros, as plantas e coisas assim.

"Hoje, olhando para trás, Paul, acho surpreendente que o meu próprio pai soubesse tão pouco sobre essas coisas. Não apenas surpreendente, mas triste, mesmo. Ele passou na floresta todos os seus dias de trabalho, mas parecia saber tão pouco dela... Quando falava de seu trabalho, as histórias basicamente eram sobre os homens com quem trabalhava. Quando falava sobre a floresta, a conversa era acerca das dificuldades e sucessos que tivera enquanto cortava as árvores. Ele era especialista em calcular o peso e o balanço de uma árvore, a direção em que ela poderia cair se as serras cortassem nos pontos corretos. Quando olhava para uma árvore, via no que ela poderia se transformar: casas, barcos, móveis, postes de telefone, papel. Dinheiro."

Faustino não deixou de perceber o leve amargor que agora tomava conta da voz do goleiro:

— Mas, como você disse antes, meu amigo, esse era o trabalho dele. Sem dúvida era uma boa coisa que ele fosse competente — disse Faustino.

— Claro, claro — concordou *Gato*, com um tom meio impaciente. — Não estou dizendo que meu pai era um destruidor, e sim que é triste e estranho que aqueles homens, feito meu pai, que moravam e trabalhavam na floresta, não soubessem nada dela. E eu sei que não sabiam, porque eu trabalhei com eles durante um tempo.

— Ah, é?

— Sim, mas estou adiantando a história. Logo falo disso. Enfim, eu encorajei minha mãe a acreditar que eu era um naturalista em formação. O problema é que foi ficando cada vez mais difícil inventar coisas. Esse é o problema das mentiras: você precisa se lembrar de todas elas, dizer as mesmas mentiras todas as vezes, para que ninguém te pegue.

— Eu não saberia dizer.

— Claro que não, Paul. Você é jornalista.

Faustino deu um grande e inocente sorriso.

— Bom — continuou *Gato*. — Eu precisava me esforçar para elaborar as histórias que contava. Precisei começar a prestar atenção naquilo que via no caminho para a clareira e quando voltava para casa, para que pudesse contar para minha mãe algo novo toda noite. Comecei a trazer coisas para casa. Folhas, flores, besouros mortos dentro de caixas de fósforo, peles que pequenas cobras haviam trocado, pequenos crânios. Essas coisas não me diziam muito. Eu só as deixava jogadas por aí. E então, num determinado domingo, meu pai passou a tarde colocando prateleiras no meu quarto, e a minha mãe, toda orgulhosa, arrumou todas aquelas coisinhas da floresta nas prateleiras. Mais tarde, naquela mesma semana, ela foi até o mercado e me trouxe três cadernos grandes, várias canetas esferográficas e uma latinha com lápis coloridos. O que deixou minha irmã com muita inveja, claro. E me fez sentir encurralado. Agora eu precisava levar aquilo a sério.

"Quase todas as noites, depois do jantar, eu me sentava à mesa, sob a luz cheia de mariposas, e registrava e desenhava as coisas que havia encontrado. No começo, isso me deixava louco, porque o que ocupava minha mente não eram plantas ou insetos, e sim futebol. Mas então, depois de algum tempo, comecei a gostar. Pelo menos era um jeito de me acalmar. E aquilo deixava a minha mãe feliz, e eu a amava, então tudo bem."

— E o seu pai?

— Uma pergunta difícil, Paul. Ele meio que era levado pela minha mãe, então, se ela estava feliz, ele também ficava feliz. Durante um tempo, pelo menos. O problema dele era que ele não via muito sentido naquilo. Ele morava numa cidade madeireira. O único motivo pelo qual aquela cidade existia era para cortar as árvores. Meu pai sabia com toda a certeza que, quando acabasse a escola, eu ia trabalhar para a madeireira. Não havia alternativa. Na minha cidade, os meninos viravam madeireiros, as meninas viravam as esposas dos madeireiros, e tinham filhos que depois viravam madeireiros ou esposas de madeireiros, e só. Então ele não via muito sentido em que eu me tornasse um especialista sobre o que acontecia na floresta. Ele não achava aquilo natural. Já minha mãe tinha uma visão mais ampla do mundo. Ela começou a me imaginar como um professor, dando aula no Rio de Janeiro, ou em Nova York, ou na Europa. O erro dela foi falar desses sonhos com o meu pai, sendo que ele não queria saber. Ele não queria que o ritmo seguro de sua vida fosse perturbado pela ambição. É assim que as pessoas se machucam. Então, de vez em quando, ele explodia. Como se fosse uma caixa carregando volume em excesso. E aí havia gritos e choro.

— E você ouvia essas brigas? — quis saber Faustino.

— Ah, sim. Como eu disse, as paredes da nossa casa eram finas. Meu pai não estava pensando em pessoas brigando quando as construiu.

O goleiro foi mais uma vez para perto da janela e olhou para a cidade.

— Eu aposto com você que, lá embaixo, em milhares de prédios, milhares de pais estão discutindo sobre o que querem que seus filhos sejam. E, em quase todos os casos, seus filhos vão acabar sendo algo que seus pais sequer imaginaram. Não há nada de incomum no que aconteceu na minha família. Minha mãe e meu pai brigavam do mesmo jeito que brigam as pessoas lá embaixo. A única diferença era que isso acontecia quase no meio da selva.

Faustino pensava diferente sobre o quanto era comum o que aconteceu na infância de *El Gato*, mas resolveu ficar calado.

O homem alto voltou para a mesa.

— Você lembra o que os seus pais queriam que você fosse, Paul?

— Queriam que eu fosse médico —, disse Faustino, acendendo outro cigarro. — Claro que ficaram profundamente decepcionados.

— Você deve ganhar bem mais do que a maioria dos médicos.

— Sim, sem dúvida —, respondeu Faustino. — Mas isso não faz a menor diferença. Para os meus pais, eu sou só um médico fracassado."

— E, para a minha mãe, eu sou só um naturalista fracassado que calhou de ganhar a Copa do Mundo —, disse *El Gato*. — Ela ainda espera que um dia eu forme uma família e faça algo que valha a pena.

A risada de Faustino se transformou em tosse e, assim que a tosse acalmou, *Gato* disse:

— Os meus pais, depois de muitas noites brigando, chegaram

a um acordo. Minha mãe precisava admitir que seria extremamente difícil eu continuar meus estudos depois de sair da escola. O único lugar onde alguém como eu poderia continuar estudando era o Colégio Avançado, e ele ficava na capital da região, Puerto Madieras, que ficava a quatrocentos quilômetros dali, do outro lado do rio. Minha mãe tinha uma prima que talvez pudesse ser convencida a me deixar morar com ela, mas tudo isso custaria muito dinheiro. Meu pai disse que o único jeito de conseguir esse dinheiro era que eu trabalhasse na empresa madeireira durante uns dois anos, e a família economizasse todos os meus salários para a faculdade. Minha mãe concordou que era aquilo que precisavam fazer. Acho que meu pai imaginou que dois anos de trabalho pesado colocariam um fim nessas ideias malucas.

"E eu ouvia essas discussões através da parede, me sentindo absurdamente culpado. Porque sabia que jamais iria para Puerto Madieras para aprender a ser um naturalista. Porque sabia que minha mãe passaria horas, dias, escrevendo cartas difíceis para sua prima e para a faculdade. E eu jamais iria para lá."

El Gato ficou sentado em silêncio durante algum tempo. Faustino também ficou em silêncio. Dava para perceber que o goleiro havia feito uma longa jornada ao seu passado, que tinha ido parar em uma casa abafada e cheia de problemas, e o jornalista não tinha nenhuma pressa em fazê-lo retornar.

O gravador fazia um ruído baixinho enquanto gravava o silêncio.

— ALGUMAS VEZES EU o odiei — disse *El Gato*.

Faustino ficou confuso:

— Quê? Quem? Seu pai?

— Não, claro que não. *Claro que não!* Estou falando do Goleiro, claro.

A raiva repentina do homem alto era como um raio num céu sem nuvens, e Faustino ficou meio alarmado.

— Ah, sim. Claro. Desculpe — disse ele. Queria que o outro homem se acalmasse. Era um processo interessante, como ver água limpa diluir uma mancha. Quando a raiva sumiu, Faustino tentou continuar.

— O que te fazia odiá-lo?

— Ele era duro, sem emoções. Não parecia saber o que era elogiar alguém. Estava me educando, e fazia isso de maneira impiedosa. Muito do que a gente fazia era o tradicional — flexões, abdominais, polichinelos, corridas —, tudo em repetições cada vez maiores à medida que o tempo passava. Eu chegava num patamar e ele instantaneamente estabelecia outro. E, enquanto eu me empenhava — geralmente quando eu começava a fraquejar —, ele de repente jogava a bola com força na minha direção, e se eu não conseguisse impedi-la com o pé ou a mão, eu sentia aquele ar gélido de reprovação vindo dele. Algumas vezes, ele até me fez chorar, e, quando isso acontecia, ele virava de costas e esperava até eu me recompor. Ele estava me fazendo avançar de maneira brutal. A coisa que mais me deixava confuso e mais me perturbava era que ele não parecia estar fazendo isso por mim, e sim por ele. Então, às vezes, eu o odiava.

Faustino precisou fazer a pergunta óbvia:

— Mas então por que você não desistiu?

Gato pareceu achar a pergunta surpreendente.

— Nunca me ocorreu desistir.

— Não? Nem uma vez?

— Nem uma vez.

— Certo — respondeu Faustino.

— Além disso, aquela disciplina toda funcionava — continuou *Gato*. — Eu ganhei vigor. Fiquei mais forte. Meu corpo parecia cada vez menos um monte de palitos colados uns nos outros com barbante. Meus braços, ombros e coxas começaram a tomar forma. Meus pés grandes começaram a parecer proporcionais. Estava bastante satisfeito comigo mesmo. Comecei a pensar que logo, em algum momento, o Goleiro também anunciaria que estava satisfeito comigo. Mas eu já devia ter desconfiado que não.

Gato serviu-se de um copo d'água e bebeu. Faustino tinha quase certeza de que aquela pausa na história era só para dar um efeito dramático.

— Certo dia, fui para a clareira e fiquei surpreso em ver o Goleiro já no gol. Era uma tarde quente, abafada. O céu estava cheio de nuvens escuras e barulhentas, e a luz não parecia normal. O ar na clareira movimentava-se inquieto de um lado para o outro. Uma tempestade estava se formando não muito longe dali.

"Assim que eu entrei no gramado, o Goleiro se distanciou um pouco do gol e pediu que eu ficasse no seu lugar. Fiquei mais ou menos no ponto central entre as traves. Ele ficou me observando, em silêncio, segurando a bola debaixo do braço. Um leve brilho de luz ficou cintilando embaixo de seu ombro esquerdo. Comecei a me sentir estranho, mas não sabia o que dizer, nem mesmo se deveria dizer alguma coisa. Mudei o peso do corpo de um pé para o outro, embaraçado. E aí, finalmente, ele falou.

'O que você está sentindo?'

'Como assim?'

'Não é uma pergunta difícil. Diga o que você está sentindo, parado aí.'

'Hã... Acho que vai cair uma tempestade' — eu disse. 'E estou tentando imaginar o que você vai me mandar fazer hoje. E o que você quer que eu diga.'

'Não, não', disse o Goleiro. 'Essas são coisas que você está *pensando*, e não foi isso que eu perguntei. Você está parado num lugar especial. Quero que você me diga qual é a sensação.'

'Não entendi.'

Ele ficou me olhando durante alguns segundos.

'Tudo bem', disse ele, finalmente. 'Quero que você vá até a trave à sua direita.'

Eu obedeci.

'Agora, coloque a mão na trave. Não, fique de frente para mim, não para a trave. Como você se sente?'

"O que eu sentia era a textura áspera da madeira. Será que era a isso que ele se referia? Imaginei que não. Não respondi.

'Muito bem. Agora ande até a outra trave. Coloque a mão nela. O que você sente?'

Que diabos ele queria que eu dissesse? Aquilo era muito idiota.

'É um pedaço de madeira velha', eu disse. 'A outra trave é um pedaço de madeira velha. E o travessão é um pedaço de madeira velha.'

"O rosto escurecido do Goleiro não revelava nada. Ele deve ter sentido minha impaciência, mas isso obviamente não tinha a menor importância para ele.

'Quanto tempo você levou para ir de uma trave para a outra?', ele quis saber.

'Não sei.'

'Qual a distância de uma trave à outra? Com que rapidez você consegue cobrir essa distância? Qual a distância entre a sua cabeça e o travessão? Quando você levanta o braço para cima, qual o tamanho do vão entre as pontas dos seus dedos e a trave? Qual a distância até a rede atrás de você? Você consegue imaginar o ângulo entre a sua trave direita e o canto superior esquerdo da rede? Como esse ângulo se modificaria caso você desse um passo para frente? Ou dois passos? Se você olhasse de cima para o gol, que formato ele teria? Se um jogador do time adversário estivesse de pé no canto esquerdo da grande área, qual seria o formato do gol do ponto de vista dele?'

"Ele me martelava com essas perguntas e elas doíam como picadas de vespas defendendo o ninho. Eram tão agressivas que me fizeram ficar com os olhos marejados.

'Eu não sei!', eu gritei. 'Não sei!'

"Silêncio. E nesse silêncio, outro brilho rápido de relâmpago e uma trovejada nas nuvens roxas.

"O Goleiro não reagiu à minha explosão emocional, nem à situação do céu.

'Se eu tivesse feito essas perguntas a respeito do quarto onde você dorme, você teria respondido da mesma maneira? Não é verdade que você sabe exatamente como é o espaço e o formato daquele quarto? Não é verdade que você consegue andar por ele tanto no escuro quanto de dia? Não é verdade que você tem uma imagem bem clara desse espaço na sua cabeça? E, mais do que isso, você não *sente* aquele espaço quando está dentro dele?'

Comecei a entender.

'Quais foram as primeiras palavras que eu te disse?', perguntou o Goleiro.

"Eu não havia me esquecido. Aquelas palavras ficaram pairando nos meus sonhos durante a noite toda.

'Você disse: *O seu lugar. Aí é o seu lugar.*'

Ele assentiu.

'E agora você acredita nisso?'

'Acho que sim.'

'Você *acha*?', ele repetiu, dizendo a última palavra com um tom severo.

'Sim, eu sou um goleiro', eu disse. E, por mais que eu estivesse surpreso por ouvir aquilo da minha própria boca, eu de fato, finalmente, acreditei. Senti um grande alívio, o tipo de alívio que se sente quando cedemos a uma força irresistível. Quando sabemos que não há nenhuma alternativa.

"O céu rugia. Olhei para cima e uma teia de aranha no ângulo entre a trave e o travessão chamou minha atenção. Ela não estava ali antes. Um desses insetos que aparecem nas tempestades estava se debatendo contra os fios grudentos da teia, e a aranha estava andando rapidamente na direção dele. As pernas da aranha eram listradas, faixas marrons e avermelhadas. Fiquei pensando se eu era a aranha ou o inseto. Não falei alto o que pensei, então fiquei chocado quando o Goleiro disse:

'Você é a aranha. Para você, o gol não vai ser um local vulnerável que precisa da sua proteção. Vai ser uma armadilha. Vai ser o local onde você caça.'

"Outra explosão azul no céu. A tempestade já estava quase em cima de nós.

'Preciso ter certeza de que você me entende', o Goleiro disse. 'Nada vai funcionar se você não for dono do lugar onde está agora. Você deve estar sempre ciente da distância, da distância *exata* entre você e as traves. Sem precisar olhar. Você deve saber exatamente o que fazer para chegar às partes não protegidas do seu gol. Precisa entender como o seu corpo ocupa a entrada do gol. Precisa ser capaz de imaginar como o seu gol é visto pelo ângulo de qualquer um que queira atacá-lo, de qualquer direção. Se você se tornar dono desse gol, dessa teia, você pode ser dono de qualquer gol. Todos são iguais.'

"O Goleiro virou a cabeça de leve, e o céu foi tomado por um clarão que parecia o *flash* de uma câmera gigante. O relâmpago desenhou um arco e entrou na floresta, tão perto que eu podia sentir o gosto da descarga elétrica no ar. Quando a luz azul sumiu, foi como se a noite já tivesse caído. A primeira camada de chuva desabou sobre a clareira.

"Mesmo assim, o Goleiro não se moveu. Talvez ele estivesse esperando que eu dissesse algo, mas eu não conseguia imaginar o que fosse. Finalmente, ele disse:

'Acho que a luz não está muito boa para praticar hoje. Acho melhor você ir para casa.'

"Quando cheguei em casa, estava ensopado, sujo de lama até a cintura. Minha avó pôs os olhos em mim e ficou possessa."

PAUL FAUSTINO OLHOU de relance para o relógio e *Gato* percebeu.

— Está preocupado com o seu prazo, Paul?

— Ah, já desencanei. Esse artigo ia aparecer na edição de amanhã, mas, mesmo se a gente já tivesse acabado, não acho que daria tempo de sair amanhã.

— E isso não te deixa em apuros?

— Por causa da minha editora adorável? Ah, ela vai me lançar aquele olhar mortal dela, mas vou sobreviver. No momento, é mais capaz que eu morra de fome. Que tal a gente pedir um café e uns sanduíches? Ou você prefere pizza?

— Sanduíche seria ótimo.

Faustino foi até o telefone de parede e pressionou quatro números.

— Oi. É o Paul. Alô? Sim, tudo bem. Café, isso. Sim, numa garrafa térmica, seria legal. E será que você pode mandar também uma bandeja grande com sanduíches? Tudo, menos queijo. Perfeito.

Ele fez uma pausa para ouvir e depois continuou:

— Sim, estou falando com ele. Sim, ele está aqui de verdade. Sim, tenho certeza de que ele pode autografar uma foto para você — disse Faustino, e riu. — Sei, claro que é para o seu filho, não para você.

Mais tarde, a gravação correndo novamente, Faustino tomou goles de seu café sem açúcar e mais uma vez ficou considerando sobre a condição mental de seu amigo. Era um assunto a ser abordado com cautela, se é que poderia mesmo ser abordado.

— *Gato*, preciso te dizer uma coisa. Essa não é bem a entrevista que eu imaginei fazer com você.

— Desculpe — disse *Gato*.

— Não, não. Tudo isso é ótimo. De verdade. Mas... bom... é um pouco... hã... *estranho*.

O goleiro não disse nada.

— O que me chama a atenção é que quando você fala dessas... dessas *experiências* suas, você parece... bom, parece bem calmo. Você deve ter sido uma criança muito equilibrada. Se algo assim tivesse acontecido comigo, eu estaria num hospício hoje."

— Bom, não sei se dá para dizer que eu era equilibrado. Eu me sentia apavorado. E, naquela tarde escura e chuvosa, correndo para casa debaixo de uma tempestade, eu pensei que, sim, talvez eu estivesse ficando louco.

Faustino piscou, incrédulo, ao ouvir a palavra "louco" em alto e bom som, mas continuou em silêncio.

— E foi só mais tarde, muito mais tarde, que eu entendi o que o Goleiro estava fazendo.

— Que era?

O goleiro se inclinou para frente e movimentou os dedos no ar como se estivesse procurando as palavras certas:

— Ele estava me ensinando coisas, habilidades, é claro. Mas ele também estava fazendo outra coisa. Estava me mostrando o que eram a fraqueza e o medo. Mas num lugar seguro. Aquela clareira na floresta era como um lugar removido do mundo real, à parte. Entende o que estou querendo dizer? Era um lugar onde eu podia ter medo, me sentir desesperado, sem jeito, envergonhado; mas era um lugar onde nenhum mal podia me atingir. Ali, eu estava protegido. Eu podia fazer coisas erradas, mas tinha outras oportunidades para fazer certo. Para que, mais tarde, lá fora, num mundo maior e mais perigoso, eu pudesse ser capaz de lidar com tudo isso. Ele, o Goleiro, estava me preparando para a vida que ele sabia que eu teria.

Faustino ficou pensando por um instante.

— Me parece — disse ele — que você está descrevendo o que um pai deveria fazer por seu filho.

— Não quero criticar o meu pai — disse *Gato*, com firmeza.

— Não, claro que não — disse Faustino — Eu não quis dizer isso. É só que você fala sobre o Goleiro como se ele tivesse assumido esse papel. Como se ele estivesse fazendo certas coisas por você que o seu pai não podia fazer.

— Claro que o meu pai não podia fazer essas coisas por mim. Meu pai era um madeireiro. Ele saía de manhã, quando ainda estava escuro, e voltava para casa de noite. Seu papel, para usar a sua palavra, era manter a família viva. E era isso que ele fazia, e com sucesso. Existem muitos homens que fracassam.

O goleiro estava mais uma vez nervoso, e Faustino resolveu ir com calma. Sorriu.

— Isso é bem verdade. Não foi minha intenção desrespeitar o seu pai, meu amigo.

El Gato recostou-se na cadeira.

— Tudo bem, Paul — disse ele, depois de uma pausa. — Vamos continuar.

— Tem certeza?

— Tenho.

— O tempo é uma coisa maleável — disse *El Gato*. — Quando você está defendendo uma vantagem de apenas um gol contra um time que ataca desesperadamente, dois minutos de prorrogação podem durar uma hora. E na clareira, com o Goleiro, o tempo não parecia funcionar do mesmo jeito que no resto do mundo. Era como se a gente estivesse dentro de uma caixa de vidro onde os relógios comuns do mundo não valessem. Muitas vezes eu saía da floresta e ficava surpreso ao descobrir que era uma hora, talvez duas, mais cedo ou mais tarde do que eu achava que fosse; que eu estava fora de sincronia com o mundo exterior. Essa sensação de estar em outro fuso horário era causada pelo Goleiro, acho. Ele era *constante*. Não envelhecia ou mudava. De alguma maneira, ele havia se desconectado de tudo. Havia escapado do tempo. Muitas vezes, eu sentia essa mesma liberdade: a liberdade de viver intocado pelos ponteiros do relógio. Pelos meses que passavam por mim, sem me levar com eles. Era uma ilusão, é claro. Hoje, olhando para o passado, penso que meu tempo com o Goleiro passou incrivelmente rápido.

"Aos quatorze anos e meio, eu pouco me parecia com aquele menino magrelo que havia se infiltrado, um ano e meio antes, de olhos arregalados, na clareira. Na escola, eu ainda era o *Cigüeña*, o Cegonha, é claro. Em lugares assim, os nomes persistem. No bar, os velhos se chamavam por apelidos que receberam meio século antes.

Mas nada mais em mim ainda lembrava uma cegonha. Eu estava mais alto, maior e mais forte que meu pai. Nas noites de sábado, se ele tivesse tomado algumas cervejas, gostava que eu o carregasse, de brincadeira. Ele galopava nas minhas costas, nós dois correndo ao redor da casa, ele gritando feito um vaqueiro num rodeio, até minha mãe aparecer para nos chamar para dentro, e aí ela ficava rindo e brigando com a gente ao mesmo tempo.

"E, depois de um ano e meio, o Goleiro já mostrava alguns sinais de satisfação com o meu progresso. Lembro-me da primeira vez que ele usou as palavra— s 'goleiros como nós'. Como *nós*! Era quase como se eu sentisse meu coração crescendo. Mas, no geral, um movimento afirmativo de cabeça, em sinal de aprovação, era a maior recompensa que ele me dava. Ele me forçava a fazer uma sequência de defesas muito difíceis, de chutes à queima-roupa, e se eu bloqueasse todas as bolas, ele dizia algo como 'Foi quase bom'. O 'quase' no começo era como uma chicotada, mas acabei me acostumando. Agora acho que fazia parte do treinamento, isso de me negar elogios. Lembro-me de ter defendido um chute particularmente difícil no meu segundo jogo com o Unità, colocando o pé esquerdo para desviar a bola, e quando eu vi o vídeo depois, o comentarista disse que foi 'sorte'. Os goleiros vivem enfrentando isso, e conheci alguns que se deixaram afetar. O Goleiro me ensinou a esperar por esse tipo de coisa e sobreviver a ela.

"Durante o nosso segundo ano, ele passou um bom tempo me ensinando os truques dos atacantes. Ele mesmo era muito bom. De alguma maneira, em algum lugar, ele havia dominado a arte do chute. Desde então, enfrentei jogadores que davam chutes com efeito mais traiçoeiros do que ele, mas não foram muitos. Ele me fez ver, através dos olhos de um atacante, como era a aparência do gol por diversos ângulos, e como esses ângulos podiam induzir o jogador a tentar determinado tipo de chute. Sabe aqueles transferidores de plástico transparente que a gente usa na escola para marcar e medir ângulos? Sempre que eu precisava colocar um num papel, eu via um gol de cima. Enquanto os outros alunos mediam o ângulo entre uma linha e outra, eu pensava em como um jogador usaria seu pé para mandar a bola naquele ângulo. Como resultado, eu sempre me saía mal nos testes de geometria. Mas aprendi a medir, a calcular e a antecipar com os olhos.

"A gente treinou, eu e o Goleiro, os pênaltis infinitas vezes. Eu não ganhava nunca. Minto — eu ganhei dele uma vez, mas só porque escorreguei na grama e acertei um chute imprevisível, num dia em que estava chovendo muito.

"Em casa, os meus cadernos ocupavam cada vez mais as prateleiras, quase não deixando espaço para as pequenas peças que eu havia coletado nas minhas jornadas, indo e voltando da floresta. Naquela época, já havia uns treze cadernos. Os primeiros estavam cheios de notas aleatórias, desordenadas, desenhos, e trechos tirados de livros escolares. Mas, aos poucos, eles começaram a ficar mais organizados: um caderno inteiro a respeito de árvores, outro sobre mariposas, outro sobre frutas e que bichos as comiam. Meu pai parou de me chamar de 'Explorador'. Agora tanto ele quanto o tio Feliciano me chamavam de 'Professor'.

"O tio Feliciano nos visitava uma ou duas vezes por semana, à noitinha. A gente ouvia as batidas de sua bengala e o arrastar de sua perna torta no cascalho, e então ele aparecia na esquina da casa e se sentava, com dificuldade, numa cadeira ao lado da minha. Ele chamava a irmã, a minha avó, e pedia um copo de chá. E então ele tirava do bolso os óculos, que tinham sido arrumados com fita adesiva e clipes de papel, colocava-os sobre o nariz e examinava de olhos semicerrados o meu trabalho. Se eu tivesse desenhado uma centopeia, ele contava as seções do corpo e as pernas, duas vezes, para ver se eu tinha desenhado direito. Ele criticava as cores que eu usava nos desenhos das plantas. E também gostava de me ensinar os nomes locais das coisas que eu desenhava.

'Este aqui, este besouro aqui, a gente chama de toureiro. Sabe por quê? Ele tem uma tática muito boa pra se defender. Alguns pássaros gostam dele, porque ele é grande e suculento. Então, quando ele encontra um pássaro desses, tira uma gosma grande e vermelha, parecendo sangue, mas mais pegajosa, da cabeça, com as patas dianteiras, e coloca no chão, perto dele. Por algum motivo, o pássaro ataca a gosma vermelha, não o besouro. Feito um toureiro usando uma capa vermelha, sabe, para distrair o touro? E aí o besouro escapa.'

"Ele então lambia o dedo — e eu desejava que ele não lambesse — para virar a página seguinte.

'Rá! Bom, este aqui tem um nome feio: bunda-suja. Quando ele é atacado, se vira e lança um cheiro horrível do traseiro. Se você tiver a má sorte de estar perto quando ele fizer isso, vai poder ouvir o barulho; parece um revólver pequenininho: pá-pá!'

"Na maioria das visitas do tio Feliciano, nós não ficávamos a sós na mesa. Minha mãe tinha um grande orgulho dos meus cadernos e gostava de estar ali quando ele os examinava. Eu sempre sentia um pouco de vergonha quando ela elogiava o meu trabalho e falava para os outros das ambições que tinha para mim. Mas houve uma noite da qual me lembro bem, porque tio Feliciano e eu estávamos sozinhos na mesa bamba, debaixo da lâmpada nua. Ele passava com seu dedo úmido pelas últimas páginas que eu havia feito, mas parecia menos interessado que de costume. Fechou o caderno e olhou pela janela para a lua.

'Sabe por que eu te chamo de Professor?', perguntou ele.

'Você gosta de brincar, tio', respondi.

'Não. Eu te chamo de Professor para agradar a sua mãe. Para ajudar você com as suas mentiras.'

"De repente, senti um nó nas tripas. Não disse nada, rezando para escapar o mais rápido possível daquela conversa. Sabia que não haveria como.

'Não é muito comum para um menino com mãos tão grandes ser tão bom de desenho', disse ele. 'Nas suas mãos, os lápis parecem palha na pata de um porco. Os seus desenhos são surpreendentemente bons, apesar disso. E não são só as suas mãos. Você está maior, sob vários aspectos. A sua família acha que isso é normal. Mas eu não. Lembro-me da conversa que a gente teve, quando ficamos olhando os meninos jogarem na praça. Você ficou se escondendo de mim naquela hora, e continua se escondendo de mim agora. Meninos não mudam tanto quanto você mudou só de ficar desenhando flores e insetos. Ninguém fica com mãos grandes e fortes e ombros de touro fazendo isso.'

"Engoli a seco e disse: 'Não tenho culpa de ter mãos grandes, tio Feliciano. Eu sou assim.'

"Ele ficou olhando para o nada à sua frente. Fiquei meio chocado quando se inclinou para frente e cuspiu para a escuridão. Estava zangado comigo porque eu não estava sendo sincero com ele. Ou pelo menos era isso que eu pensava. Então fiquei muito surpreso quando ele esticou o braço e descansou a mão de leve na minha, e falou comigo num tom de voz que era só gentileza.

'Não estou nem um pouco chateado que existam coisas que você não pode me contar, nem contar para a sua família. Pessoas que não têm uma vida privada, que não têm segredos, são pessoas vazias. Encontro gente assim todos os dias. Essa cidade, assim como todas as cidades, está cheia delas. Mas talvez seja bom você saber que não é a primeira pessoa no mundo que descobriu como viver ao mergulhar num mundo muito perigoso.'

Não consegui pensar em nada para dizer.

'Agora você sabe o que quer ser?' O tio falava em tom bem baixinho. 'Já descobriu? Tem certeza?'

'Sim', eu respondi.

O tio Feliciano pegou meu caderno.

'Estes cadernos aqui têm algo a ver com isso? Todos estes cadernos que deixam a sua mãe tão orgulhosa?'

'Não', respondi. Dizer essa palavra tão pequena foi como tirar um osso engasgado da minha garganta.

Ele suspirou.

'Não vou contar para ela', disse ele, ainda segurando meu caderno na mão. Ficou olhando para ele durante um bom tempo e então o devolveu para mim.

'Mesmo assim, eu cuidaria bem destes cadernos, se fosse você. Nunca se sabe. A vida muda. Um dia você pode querer olhar estes cadernos e, se eles se perderem, você também pode acabar se sentindo perdido.'"

— O MEU ANIVERSÁRIO de quinze anos vinha em minha direção feito a sombra de uma nuvem escura que corre sobre a floresta. Não tinha falado sobre isso com o Goleiro. Imagino que ele devia saber que em breve eu sairia da escola e iria trabalhar, que aquelas tardes estavam chegando ao fim. Mas a gente não queria discutir o assunto. Eu nunca admitia para mim mesmo, mas acho que esperava que ele pudesse de alguma maneira impedir aquilo. Que ele pudesse fazer algum milagre para me salvar. Talvez fosse por isso que ele nunca tocava no assunto. Talvez seu silêncio fosse sinal de que ele tinha um plano.

"Àquela altura, a teia do gol era minha. Meus olhos sabiam onde a bola estava e onde ela estaria em seguida. Eu era grande, forte, rápido.

O Goleiro não estava satisfeito.

'Você está fazendo só uma coisa com o seu corpo quando você pega a bola', disse ele.

'E isso é errado?', perguntei, ressentido; tinha defendido vários chutes difíceis, de posições difíceis, naquela tarde.

'Não exatamente. Isso é o que os bons goleiros fazem. Mas não é bom o suficiente para você.'

'Não estou entendendo', eu disse. Quantas vezes eu havia dito isso para ele? E quantas vezes ele foi paciente com a minha ignorância?

'Um bom goleiro dá tudo de seu corpo para pegar a bola. Cada músculo, cada nervo está concentrado nessa ação. Você faz isso. Mas não é suficiente.'

'Por que não?'

'Porque uma defesa, mesmo uma boa defesa, nem sempre *termina* em nada. Você pode alcançar uma bola impossível, mas isso não significa que seu trabalho chegou ao fim. Você pode se machucar, e precisa saber como se proteger. E a bola pode continuar em jogo. Então, enquanto o seu corpo está voando pelo ar — mesmo no momento em que você sabe que vai agarrar a bola, mesmo no momento em que você está se parabenizando mentalmente por conseguir —, ele deve estar se ajustando para o que pode acontecer em seguida. Isso não tem nada a ver com *pensar*. É importante que você compreenda isso. Não estamos falando de uma coisa cerebral. O seu corpo deve saber o que fazer. O seu corpo deve saber o que fazer *sozinho*.'

'E como isso é possível?', eu disse, me sentindo perdido. 'O meu corpo só pode fazer o que eu digo para ele fazer. Você me ensinou a acreditar que posso mandar o meu corpo fazer o que quero que ele faça. Você está me confundindo.'

"O Goleiro ficou em silêncio durante vários segundos. Comecei a ficar inquieto. Nunca gostava daqueles silêncios.

"E então ele disse: 'Instinto. Desculpe, não consigo achar uma palavra mais simples para descrever. Anda, passa a bola.'

"Ele levou a bola para longe, a uns trinta e cinco metros do gol, alinhada com a trave esquerda.

'A situação é a seguinte', começou ele. 'Sou um meio-campo do outro time. Olhando para o seu gol, vejo que um dos seus zagueiros está fora de posição, e então, por apenas alguns momentos, há três jogadores do meu time contra dois do seu. Eu mando uma bola alta e comprida, um bom passe, sobre a cabeça dos atacantes, de modo que eles fiquem de frente para o gol quando receberem. Estou mirando na marca do pênalti. Um dos seus zagueiros talvez consiga dar um toque de cabeça nela. O que você faz?'

Não era uma pergunta difícil.

'Cabeçadas são sempre arriscadas', eu disse. 'Então eu grito com toda força que a bola é minha e saio para cortar o cruzamento.

'Muito bem. Faça isso', disse o Goleiro.

"Ele mandou a bola exatamente do jeito que descrevera. Eu sabia que ele ia colocar algum efeito na bola para amaciar a quicada quando ela caísse na marca do pênalti. Saí com tudo do gol, pulei bem, peguei a bola sem problema, no alto, puxei-a para perto do peito e aterrissei, equilibrado, de frente para a clareira. Nada de errado, pensei. Olhei para o Goleiro, satisfeito comigo mesmo.

'Você se coloca em risco ao pegar a bola desse jeito.'

'Coloco? Como?'

'Você expõe muito seu corpo para os atacantes. A sua velocidade é boa, o seu salto é bom, mas você sempre fica com a frente do corpo voltada para os jogadores que vêm na sua direção. Isso aumenta as chances de você se machucar. E também de ser obstruído. Entenda: quando você está fazendo uma defesa como essa, é um momento muito perigoso. É exatamente quando você está bem alto no ar, com as mãos na bola, mas antes de colocá-la perto do corpo e deixá-la sob controle. Os jogadores do time adversário vão estar muito perto de você, vão pular em você com os braços para cima e, se você perder o equilíbrio nesse momento, pode perder a bola, mesmo tendo mãos grandes e fortes.'

Eu entendi. 'Então o que eu deveria fazer?'

'O seu corpo deve se virar de modo a permanecer com o ombro e o quadril de frente para os jogadores que estão vindo em sua direção, não com o peito e a barriga.'

'Mostre como', eu disse.

"Mudamos de lugar e eu mandei o passe longo, não tão bem quanto ele, mas bem o suficiente. Para quem estava imóvel, ele saiu do gol feito um tigre, em passos largos: só deu uns quatro e depois saltou. No instante em que pegou a bola, seu corpo girou; assim que a bola estava presa no peito, ele desceu de lado, com o ombro esquerdo para baixo, jogando o peso para a frente. Sem dúvida eu não gostaria de estar ali para receber o impacto. Era como se ele pudesse arrebentar uma parede. Seu pé esquerdo, mais adiantado, tocou a grama primeiro. Assim que os dois pés fincaram no chão, ele estava meio agachado, segurando a bola um pouco mais distante do corpo, de modo a ficar perfeitamente equilibrado e poder tanto passá-la com as mãos como chutá-la.

"Parecia tão fácil e natural que eu achei que devia ter perdido alguma coisa.

'De novo?', pedi, já que precisava ter certeza de que ele não havia feito algo rápido demais a ponto de eu não conseguir ver.

'Tudo bem', disse o Goleiro, rolando a bola para mim.

Dessa vez, joguei a bola com um pouco menos de força. Não fez nenhuma diferença. De novo ele correu como um tigre e saltou, as mãos atrás da bola quando a agarrou, a girada no ar, a descida mostrando o ombro primeiro, a aterrissagem em equilíbrio perfeito, a prontidão. E, dessa vez, jogou a bola com o braço estendido, assim que seus pés tocaram o chão. A bola voou direto para mim e eu a recebi no peito.

'Certo', eu disse, e fui rápido para o gol enquanto ele ia para a bola.

"Ele mandou o passe longo exatamente para o mesmo ponto de antes. Peguei a bola alto, com as mãos bem posicionadas. Puxei-a para mim e mudei o peso do corpo, girando de lado, como o Goleiro havia feito. Perdi imediatamente o controle das pernas. Meus quadris ficaram desalinhados com meus ombros e eu não sabia o que fazer. Ainda tentava desesperadamente colocar o peso do corpo no lugar certo quando atingi a grama. Para não me machucar, estendi a mão esquerda para o chão e me joguei para a frente, rolando sem jeito. Não tinha a menor ideia de onde a bola foi parar. Acabei de quatro, de frente para o lado errado, me sentindo idiota.

"Levantei para encarar o resultado.

"Tudo o que o Goleiro disse foi: 'Gol'.

"Olhei para trás e vi que a bola tinha parado exatamente onde um atacante inteligente estaria. Sim, gol. Sem dúvida alguma.

'Me deixa tentar de novo.'

"A mesma coisa. Eu não entendia. Era uma coisa tão simples! Só uma virada no ar. Então por que eu não conseguia de maneira alguma?

'Porque você ainda precisa *pensar* nisso', disse o Goleiro. 'Você ainda precisa *visualizar* o que o seu corpo deve fazer. Mas não temos tempo para isso. Não há tempo para a sua cabeça mandar mensagens para o resto do seu corpo e para o seu corpo transformar essas mensagens em ação. Tem de ser automático. Tem de ser *instintivo*.'

Senti-me desencorajado.

'Acho que eu não tenho esse instinto', eu disse, muito triste.

A reação do Goleiro a isso foi tão rápida, tão direta, tão diferente do habitual, que acho que fiquei boquiaberto.

'Não diga isso. Nunca diga isso! Você está me dizendo que, depois de todo esse tempo, eu me enganei quanto a você? Não estou enganado. *Não posso* estar enganado a seu respeito. Se eu estiver enganado, todos nós estamos... *presos*.'

"Ele me deu as costas. Sua forma pareceu tremer, ficar mais frágil.

"Pensei: *Todos nós? Presos?* O que ele quis dizer com isso?

"Ele se virou para mim e seu contorno ficou mais sólido. Parecia estar visível devido a uma grande força de vontade. Dava para ver que estava sendo difícil.

"Ele se recompôs e disse: 'Você tem esse instinto. Eu vejo em você. É só que você não vê em você. É porque você ainda acha que é aquele menino desajeitado que entrou nesta clareira pela primeira vez, há muito tempo. Você ainda acha que é aquele menino, mas você aprendeu coisas comigo.'

"Ele tinha razão. Lá no fundo, o *Cigüeña* desajeitado ainda vivia. Com pernas enormes, asas sem jeito, sentindo vergonha. Sendo motivo de chacota.

'Você não é mais aquele menino. Ele sumiu. Você se tornou outra pessoa.'

"Ele me deu as costas e foi na direção da muralha de sombra da floresta. Antes de desaparecer, ficou de frente para mim e disse: 'Amanhã vou te mostrar quem você é agora'."

— ENTREI NA CLAREIRA e o vi imediatamente. Ele estava de pé, parado, bem no limiar entre a sombra e a luz do sol, que se desfazia em pedacinhos pela sombra das folhas. Quando deu um passo para a frente, meus olhos me pregaram uma estranha peça: algumas daquelas sombras pareciam acompanhá-lo. Um pedaço daquela sombra amarelada e disforme ficou sólido e se agachou ao lado dele enquanto ele se movia. Seu contorno vibrava. Ela acompanhava o Goleiro enquanto ele vinha calmamente na minha direção. Uma brisa leve soprava no meu rosto naquela tarde, e eu senti o cheiro dela assim que ela virou seu focinho pálido e seus olhos frios e amarelos na minha direção.

"Uma onça.

"Vi sua beleza enquanto fazia força para não molhar minhas calças de tanto medo. Vi como ela levava os reflexos da luz da floresta em seu pelo, as marcas escuras contra o dourado claro, e vi que essas marcas se reuniam em círculos, como se fossem pétalas de rosas negras. Suas omoplatas quase se uniam nas costas, deslizando uma contra a outra enquanto andava. Suas patas eram enormes, e ela as colocava na grama com precisão e languidez. Sua cauda, recurva e imóvel, pairava pouco acima da grama.

"O Goleiro andava ao lado dela calmamente, feito um homem passeando com o cachorro em um parque. Mas não havia nada de dócil nela. Ela estava alerta naquele lugar estranho, aberto. Seus olhos estavam fixos em mim; seu focinho registrava os cheiros trazidos pelo vento.

"O Goleiro parou a quinze metros de mim, mas a onça continuou. Ela veio na minha direção com o mesmo caminhar lânguido, mas achei que agora ela estava mais tensa, o corpo um pouco mais baixo. A tremedeira que havia começado nas minhas pernas agora me tomava por completo.

'Não se mexa', disse o Goleiro.

"Como se eu pudesse me mover! Como se meu corpo pudesse me obedecer!

"O enorme felino passou por mim e ficou apenas a um metro de distância. Em seguida se virou e parou no ponto em que a brisa levava meu cheiro até ela. Levantou a cabeça e apertou os olhos. O cheiro que ela sentia, é claro, era o meu medo, e isso pareceu satisfazê-la. Ela sentou. Estava perto o suficiente para dilacerar minhas pernas com uma patada. Senti uma vontade louca de esticar a mão e acariciar sua cabeça, como se ela fosse um gatinho comum, um bichinho de estimação.

'Fique parado', disse o Goleiro, começando a andar na minha direção. A onça virou a cabeça e ficou observando-o se aproximar. Então ela se moveu e foi andando despreocupadamente para as sombras da clareira, onde deitou e começou a lamber a parte de baixo da pata dianteira direita.

"Se o Goleiro sabia que havia me deixado aterrorizado, ele não dava nenhum sinal disso.

'Ela reconhece sua presença', foi tudo o que ele disse, olhando para ela, não para mim. E em seguida: 'Venha'. Fiquei surpreso ao perceber que conseguia andar. Fomos até a beira da clareira, do lado oposto ao da onça. Eu podia sentir seu olhar amarelo em minhas costas. Quando paramos, ela voltou a se lamber. A luz parecia estar concentrada nela; ela brilhava, queimava. O silêncio era intenso; dava para ouvir o ruído suave de sua língua contra o pelo.

"E então, de repente, vi que as orelhas dela se ergueram e mexeram. Ela ficou completamente imóvel.

'Agora', disse o Goleiro, baixinho.

"Da nossa direita, veio o som mais suave do mundo, um sussurrar de folhas que raspavam em outras folhas. De repente, algo perturbou de leve a vegetação. Eu mal conseguia enxergar aquela forma pálida, e então, mais concentrado, vi a cabeça e as espáduas de algum tipo de animal. Ele entrou, nervoso e alerta, na clareira. Eu sabia o que ele era, embora nunca tivesse visto um antes. Um pequeno veado, não muito maior que um cachorro grande, com uma cabeça estreita, ar inteligente, orelhas grandes e um pescoço elegante e comprido. O tio Feliciano chamava esses veados de "fantasminhas", em parte porque eram pálidos, em parte porque quase ninguém os via. Eu já tinha visto o cocô deles, que parecia grãos de feijão, mas nunca os próprios. Eram extremamente ariscos e cuidadosos. Algum poder maior do que sua própria natureza deve ter o levado até ali, até o lugar onde algo terrível o aguardava. Senti uma pontada no coração por saber o que ia acontecer.

"A onça havia se movido. Agora ela estava próxima ao chão, de frente para a clareira. Suas orelhas estavam deitadas contra a cabeça. Sua anca era a parte mais alta de seu corpo, pronta para impeli-la para a frente. As sombras das folhas mesclavam-se às suas pintas, deixando-a quase invisível.

"O veado já tinha saído das árvores. Moveu-se, parou, ficou ouvindo, moveu-se novamente. Suas pernas dianteiras eram muito finas e delicadas, mas os joelhos eram ossudos. Toda a sua força parecia estar concentrada nas patas traseiras e nas ancas, que pareciam pertencer a um animal bem maior. Enquanto eu observava, sua língua fina saiu da boca e entrou na sua narina esquerda e depois na direita. E então ele ergueu o focinho e sentiu o ar.

"Ele estava claramente nervoso e confuso por se encontrar num grande espaço aberto; isso não fazia parte de sua experiência. Baixou a cabeça para mordiscar a grama e então a ergueu novamente, bem rápido. Moveu-se em pequenos passos apressados mais para a frente. E então pareceu ouvir algo e virou-se, a cabeça alta, as orelhas girando. Seus olhos eram grandes e úmidos, como se chorasse.

"Assim que o veado virou, a onça veio pela sombra, rápido. Ela se mantinha rente ao chão, tão baixa que eu não podia ver suas patas se movendo embaixo dela. Assim que o veado se moveu de novo, a onça ficou parada, mesclando-se às manchas de luz sob as árvores. Eu olhei de relance para o Goleiro. Ele também observava aquela dança da morte, mas não havia nenhuma expressão em seu rosto oculto pela sombra.

"Tudo levou uns cinco minutos. Cada vez que o veado nervoso se movia e virava, a onça se movia rente ao chão. E assim que ele levantava a cabeça para farejar o vento e averiguar as sombras, ela se agachava e se tornava invisível. Eu percebi o que ela fazia: estava se posicionando de maneira a encurralar o veado entre ela e o gol. O gol e sua rede eram a armadilha; era ali que ela mataria. Mas a onça precisaria cronometrar tudo com cuidado, porque a brisa poderia levar seu cheiro até o veado no exato momento em que ela conseguisse a posição perfeita.

"Aconteceu de repente. O veado estava a vinte e cinco metros do gol, de frente para ele, talvez tentando imaginar que coisa estranha era aquela. A onça surgiu na clareira atrás dele, a barriga encostada na grama, a cauda balançando de um lado para o outro. Ela percorreu vinte metros e então ficou agachada, com as espáduas para frente. Os enormes músculos de suas patas traseiras retesaram-se para o salto; eu podia vê-los se movimentando sob a pele. O veado só precisaria virar a cabeça para vê-la, mas o odor forte do felino chegou até ele primeiro. Ele saiu em disparada num salto vertical, todos os quatro cascos fora do chão, e girou — tudo isso num movimento desesperado. Antes de ele tocar a grama novamente, a onça já tinha completado seu primeiro enorme salto e suas patas traseiras já se movimentavam para a frente, para lançá-la para o próximo. O veado girou e saltou de novo, em arcos altos e insanos, na direção do gol. E finalmente ele pareceu entender o que a rede era, e que precisava escapar dela. Inclinou-se para mudar a direção do próximo salto, mas a onça já estava quase sobre ele, e devia saber que ele faria isso. Ela fez seu último salto. Eu pude ver claramente o que ia acontecer: o arco da onça e o arco do veado se encontrariam; ela o pegaria no ar.

"Mas então o veado fez algo incrível. Ele girou no ar e ficou arqueado, mudando a direção da fuga e, por uma fração de segundo, livrou-se do felino, que agora passava por baixo dele. O que aconteceu em seguida foi muito rápido, mas vi tudo em câmera lenta, como num sonho. A onça parecia pairar no ar, como se a gravidade não fizesse mais efeito sobre ela. Ela rolou, girou a cabeça e os ombros para trás, de tal modo que quase parecia estar dobrada ao meio. Sua pesada pata direita golpeou o veado. E o alcançou por pouco. Suas garras rasgaram o músculo da pata traseira do veado. Vi sangue no ar, pequenas gotículas de sangue, como se fossem pérolas vermelhas.

"E então as leis da gravidade e do tempo voltaram ao normal. O veado atingido caiu de lado, as pernas se contorcendo. A onça caiu com as patas no chão, a dois passos de sua presa. Entre sua aterrissagem e seu ataque para matar o veado, era como se nenhum segundo houvesse passado; as duas ações aconteceram juntas.

"Respirei fundo para ver aquilo. Imaginava que veria mordidas violentas, mas não foi isso que aconteceu. A onça colocou uma pesada pata sobre o veado que se contorcia e, quase gentilmente, pegou o pescoço entre as mandíbulas, fechando sua garganta. Ela o estrangulou. Quando o movimento desesperado de suas patas cessou, ela largou o pescoço e deitou na grama. Ficou ali arfando durante um minuto e então começou a andar cuidadosamente ao redor do corpo. Ela o puxou e o cutucou duas vezes com a pata da frente. Finalmente, pegou o pescoço do veado na boca e o arrastou para trás do velho gol, para a escuridão da floresta.

"O Goleiro não falou nada, e, depois de alguns instantes, eu me virei para olhar para ele.

'E então, quem eu sou?', perguntei. 'A onça ou o veado?'

"Era para ser uma piada — o tipo de piada que pessoas muito nervosas fazem. O Goleiro não deu nenhum sinal de que havia me ouvido.

'Você viu o que eu queria que você visse?', perguntou.

'Acho que sim. Mas não conseguiria fazer o que ela fez. Sou humano. Não é possível.'

"O Goleiro afastou-se de mim alguns passos, me encarou e disse:

'Você está dizendo que é *im*possível?'

Preferi não dizer nada.

'Você ainda é muito jovem', disse ele. 'O que você sabe sobre o possível e o impossível? Só te digo isto: você fará coisas que agora parecem impossíveis. Elas parecem impossíveis apenas porque você não consegue imaginá-las. Porque você não acredita nelas. Mas você conseguirá fazê-las e depois achará absurdo o fato de ter duvidado de si mesmo. Agora, *eu* é que vou te fazer uma pergunta. Quem é você? A onça ou o veado?'

'A onça', respondi. Que mais eu poderia dizer?"

— COMPLETEI QUINZE ANOS de idade duas semanas antes da Páscoa e, quando o feriado chegou, saí da escola para nunca mais voltar. Uma semana depois da *fiesta*, enquanto as crianças menores ainda achavam foguetes queimados dos fogos de artifício, subi na parte traseira de uma picape com meu pai e outros homens e fui para o trabalho. Estava chovendo, e todos nós estávamos envoltos em ponchos pretos à prova d'água. A estrada estava marcada de sulcos profundos dos pesados tratores, e a picape deslizava e dava guinadas. Na parte de trás, todos se chocavam uns com os outros e falavam palavrões, o que deixou meu pai chateado, já que eu estava com ele.

— Eu perguntei a ele quanto tempo levaríamos para chegar. Senti vergonha, percebendo que não sabia nem mesmo esse detalhe básico do dia a dia do meu pai.

'Com esse tempo, quase uma hora', disse ele, num tom que aparentemente tentava me impressionar. Na verdade, fiquei desalentado.

'Sabe', disse ele, 'quando comecei a cortar madeira, levava uns quinze minutos até chegar às árvores. A cada ano que passa, leva mais tempo. É impressionante o quanto a gente já cortou da floresta.'

"E, à medida que avançávamos, a floresta começava a mostrar suas cicatrizes. Dos dois lados da estrada surgiam vastas áreas sem nenhuma árvore alta. O que crescia em seu lugar era uma camada fina de mato. Acima dessa paisagem nua, o céu cinzento parecia repentinamente enorme.

"Mais adiante, a floresta mostrava suas feridas abertas. Ela havia sido escalpelada. Vastos morros estavam agora reduzidos a lama vermelha e tocos enegrecidos. Aqui e ali, pequenos morrinhos de rocha surgiam do solo, como se fossem ossos. Fiquei só olhando para aquilo tudo, aturdido demais para falar.

"Chegamos finalmente naquilo que meu pai chamava de 'acampamento'. A chuva havia parado, mas o ar ainda estava úmido e pesado, e estava ficando quente. Vapor subia da terra encharcada e das poças com cor de chá. Tirei o poncho pesado e saltei da caminhonete para esticar minhas pernas doloridas. Olhei em volta e vi que tinha sido trazido a um lugar onde uma terrível batalha havia acontecido. Olhando em volta, para o local onde poderia passar o resto da minha vida trabalhando, senti como se meu coração estivesse parando.

"Nossa caminhonete era uma das muitas estacionadas ao redor de uma área de cascalho mais ou menos do tamanho da praça de uma cidade grande. Em um dos lados dessa área havia vários barracos de metal, azuis ou amarelos, todos com bolhas e manchados de ferrugem. Neles havia números pintados que não obedeciam a nenhuma ordem específica. Alguns dos barracos tinham grandes aberturas nas laterais que podiam ser fechadas com persianas giratórias, feitas de ripas de aço. Cada um desses barracos tinha uma enorme bancada na frente, feita de tubos de andaime, toras de madeira e folhas de aço. E as bancadas tinham tetos feitos com plástico pesado e imundo, presos em andaimes.

"Sobre as bancadas havia montes de partes de motor, motosserras desmontadas, peças quebradas de máquinas. Já havia homens trabalhando nessas bancadas, lutando com furadeiras que gritavam penduradas em correntes, soldando e produzindo faíscas brilhantes, debruçados sobre tornos resfriados por jatos de água suja.

"Do lado oposto do acampamento, havia uma fileira de máquinas enormes e quebradas, sujas de lama vermelha. Muitas tinham armas terríveis presas na dianteira: dentes de aço grossos e brilhantes, mandíbulas alimentadas por mangueiras de borracha, lâminas em formato de concha. Algumas tiveram suas rodas amputadas. No lugar das rodas, os tocos estavam apoiados em blocos de madeira, sangrando óleo. Pareciam vítimas de uma guerra terrível. Homens trajando macacões laranja subiam nessas máquinas ou se esgueiravam debaixo delas, alcançando seu interior. Aquilo me fez lembrar dos cadáveres de animais que havia visto na floresta, e das formigas e vermes que se alimentavam deles.

"Da floresta, ali, não havia o menor traço. Não, isso não é uma verdade absoluta: eu me encontrava nas ruínas da floresta. Para além do acampamento, em todas as direções, havia desolação: tocos cujas raízes agarravam o ar, galhos quebrados apodrecendo em poças d'água marrom, cascas de árvore espalhadas pelo chão. Os resquícios do fogo defumavam o ar, denso com o fedor de cinzas e diesel.

"Meu pai e outro homem estavam descarregando caixas com garrafas d'água e grandes garrafões de plástico com combustível.

'Cadê as árvores, pai?', perguntei.

Ele me encarou, sorrindo, sem entender. 'Que árvores?'

'As árvores, pai. A floresta. Cadê? Não chegamos ainda?'

'Você está falando de onde estamos cortando? Fica para lá. Uns dois quilômetros daqui', disse ele, apontando.

"Apertei os olhos e olhei na direção da fumaça à distância, e consegui enxergar uma linha baixa disforme e escura entre a névoa e o céu cinzentos.

"Meu pai olhou as horas. 'Faltam dez minutos para eu começar', disse ele. 'Venha conhecer o seu chefe.'"

— Meu pai conseguira arranjar um emprego para mim na oficina. Ficou muito satisfeito com isso, porque mostrava o quanto ele era respeitado. A maioria dos meninos, dizia ele, tinha que começar com o pessoal do corte. Começavam sendo os 'macacos de serra'. Os 'macacos de serra' tinham que correr de um lugar para o outro, carregando as motosserras ainda em funcionamento, porque os madeireiros perdiam tempo se tivessem de dar partida nas motosserras em cada novo lugar. Os 'macacos' eram os primeiros a ser enviados para o local onde uma árvore havia caído — e todos sabiam que era uma boa ideia esperar um pouco depois de a árvore cair. Isso porque nem tudo que morava em cima ou perto da árvore desaparecia de imediato. As cobras, especificamente, eram bem persistentes, e muitas vezes se escondiam perto da árvore caída. Muitos 'macacos' eram picados por cobras.

"Eles também precisavam levar pesados cabos de aço até as árvores caídas e prendê-los, para que as enormes máquinas puxassem e arrancassem a árvore do solo. Caso isso fosse feito num declive, e caso tivesse chovido, às vezes os troncos caíam sobre os 'macacos' e eles morriam esmagados. Às vezes, nem sempre, mas às vezes, um cabo se rompia e ricocheteava; nos últimos anos, três 'macacos' tinham morrido por causa dos cabos. Um havia sido cortado ao meio na cintura, como se fosse um pedaço de queijo. O chefe daquela equipe disse ao meu pai que a parte de cima do corpo do 'macaco' tinha caído no chão enquanto a parte de baixo ainda estava de pé.

"Então meu pai ficou feliz por ter conseguido para mim um emprego seguro no campo. E o salário também era melhor."

— O problema, Paul — continuou *El Gato* — é que agora eu era, tanto na minha mente, como no meu coração e na minha alma, um jogador de futebol. Quando meu pai chegou em casa e nos disse que tinha conseguido esse emprego para mim na oficina, ele se sentia muito orgulhoso. Minha mãe deu graças a Deus e me abraçou. Sinto vergonha de admitir que não senti nenhuma gratidão, nem mesmo interesse. E sei que isso deixou meu pai magoado, embora ele não dissesse. Eu nem mesmo quis saber o que era a oficina. Então, naquele primeiro dia, quando ele me conduzia pelo acampamento, na direção do ruído de martelos e das bancadas, eu não tinha a menor ideia do que esperar.

"Meu pai me levou até a porta de um dos barracos de metal pintados de azul. Entramos e ele tirou o chapéu e bateu na porta à esquerda. Ninguém respondeu. Ele bateu novamente, mais alto. Ouvimos gritos aproximando-se da porta. Ela foi aberta por um homem baixinho e atarracado que gritava em um comunicador. Ele era completa e lustrosamente careca. Mal olhou para nós, só fez um movimento rápido de cabeça, indicando que devíamos entrar. Ele se dirigiu até uma janela aberta e colocou a parte superior do corpo para fora, ainda gritando no comunicador. Meu pai e eu ficamos no meio do escritório, sem jeito, olhando para as costas do homem.

'E como é que eu vou fazer isso?', disse o chefe, com um sotaque estrangeiro que o fazia parecer mais irritado do que já estava.

"Não dava para ouvir a resposta em meio aos chiados e ruídos do aparelho.

'Claro que é impossível! Claro que é! Eu tô no meio duma droga de floresta!'

Mais chiados e ruídos.

'Não tô nem aí pro que ele diz! Quero tudo aquilo aqui, dentro de uma semana. Tudo, entendeu? E pode falar para ele que, se não chegar, eu vou até aí com uns caras malucos desta floresta aqui e vou quebrar tudo no escritório dele!'

"Chiados, ruídos, sibilos.

"Entre os papéis na mesa do chefe, havia um cinzeiro, e, equilibrado na beirada, um cigarro aceso com uma longa cauda de cinzas. Notei que o meu pai olhava para esse cigarro e pude perceber que estava ficando aflito. Assim que aquela cinza caísse, a bituca que ainda queimava cairia nos papéis bagunçados.

'É, pode dizer pra ele que eu ameacei. Pode falar. Faz isso mesmo, tá?'

"Meu pai se moveu rápido para frente, jogou o cigarro dentro do cinzeiro, e então voltou rápido para o meu lado e ficou perfeitamente imóvel, feito uma criança fingindo que não tinha feito uma travessura. Virei para ele, mas ele não queria me olhar nos olhos.

"O chefe saiu da janela, xingando horrores, foi até a mesa, bateu o fone, apagou a bituca do cigarro e se virou para nós. Fiquei impressionado ao ver que a raiva desapareceu de seu rosto instantaneamente e foi substituída por um doce sorriso.

'Bom dia, senhores', disse ele, calmo.

'*Señor* Hellman, este é o meu filho, a gente já falou sobre ele. Ele começa hoje.'

"Hellman veio até mim e percorreu a mão pelo meu braço direito, como se fosse um fazendeiro verificando a carne de um animal. Ele olhava para cima para olhar para mim; eu era bem mais alto do que ele. Daria para descansar o queixo em sua cabeça lisa e redonda.

'Ele é grande. O que você dá para ele comer?', disse ele.

'Ele é um bom rapaz', disse meu pai. 'E agradece ao senhor pelo trabalho na oficina.'

'Tá bom', respondeu Hellman, sem parecer acreditar. 'O que ele sabe fazer? Ele sabe soldar? Eletrônica? Hidráulica?'

'Ele aprende fácil, *señor* Hellman. E é muito forte, como o *señor* está vendo'.

'Tá bom', disse Hellman novamente. 'Ele sabe escrever?'

'Sei', respondi.

'Que bom. Porque a primeira coisa a fazer é preencher este formulário', disse, pegando uma folha de papel amarela de cima da mesa e dando para mim. Acho que ele ficou surpreso com o fato de eu não mover os lábios enquanto lia.

"Uma sirene soou lá fora e meu pai ficou inquieto.

'Com licença, *señor* Hellman. É minha chamada', disse ele. Virou-se para mim e era óbvio que havia várias coisas que ele queria me dizer. Mas tudo o que disse foi: 'Te vejo mais tarde. Preste atenção no que o *señor* Hellman disser'.

"E se foi.

"Hellman puxou uma cadeira de metal para perto da mesa e me deu uma caneta. O radiofone chiou e uma voz robótica disse algo. Hellman pegou o aparelho, apertou um botão e novamente meteu metade do corpo para fora da janela e começou a gritar. Preenchi o formulário e assinei o meu nome no fim. Era como se eu estivesse autorizando minha morte.

"O chefe ainda estava do lado de fora da janela. Olhei ao redor do escritório e vi que a parede atrás de mim estava cheia de fotografias de jogadores e times de futebol.

"Hellman me levou até uma bancada e me entregou para um mecânico chamado Estevan. Ele era um homem pequeno, de pele bem escura, mais velho que meu pai. Tinha um brinco de ouro atravessando a parte de cima da orelha e, quando sorria — o que raramente acontecia —, mostrava um dente de ouro na frente. Na mão esquerda só havia dois dedos e o polegar.

"Hellman disse a Estevan: 'Este é o rapaz novo. Deixa ele ver o que você faz, tá bem? E responda às perguntas dele, mesmo que sejam idiotas. Dê a ele, talvez, alguma tarefa fácil. O pai dele diz que ele aprende rápido'.

"Estevan olhou para mim, mas falou com Hellman.

'Ele é gigante. Você devia pedir para ele puxar as árvores com a mão. Olha só: vê se você consegue mais uns gigantes desses e eu não vou ter que passar tanto tempo consertando esses malditos tratores.'

'Tá, tá', disse Hellman, quase sorrindo. Virou e foi andando na direção do escritório, e então deu meia-volta. 'Outra coisa, Estevan. Não dá para o menino esse conhaque barato e fedido que você acha que eu não sei que você carrega no bolso de trás, tá bem? Acho que ele gostaria de continuar a ter as duas mãos.'"

— Foi um dia comprido, aquele primeiro dia. É difícil fazer perguntas sensatas sobre como se deve fazer alguma coisa quando a princípio não se tem a menor ideia do que ele está fazendo. Estevan estava trabalhando naquilo que ele chamava de "junção". Era uma chapa de aço tão comprida quanto o meu braço e tão larga quanto a minha mão, cheia de conectores de metal e mangueiras de borracha. Eu não tinha a menor ideia do que era, mas não gostava da aparência.

"Assim como fizera Hellman, Estevan sentiu o meu braço. Deu um breve sorriso, deixando entrever o dente dourado, e me disse para segurar a extremidade da chapa. Então começou a tirar as mangueiras com uma enorme chave de porca ajustável. A chapa resistia enquanto ele tentava tirar as porcas, mas apoiei os cotovelos na bancada e segurei firme. Ele desmontou a coisa toda. Levou um bom tempo.

'O que estamos fazendo?', perguntei.

'Está rachado', ele respondeu.

'O que está?'

"Estevan soltou um suspiro exagerado, como um homem falando com um imbecil completo. Segurou a chapa nua na frente do meu rosto. Havia dez buracos onde antes havia as mangueiras. Estevan percorreu o dedo sob três dos buracos. Só pude ver uma linha, fina feito um fio de cabelo, entre eles.

'É sério?', perguntei.

"Ele não me respondeu. Só olhou para mim com um ar de pena, do mesmo jeito que olhamos para um cão com três pernas. Em seguida pegou a chapa com defeito, colocou debaixo do braço e saiu andando pela fileira de bancadas. Imaginei que deveria segui-lo, então foi isso que fiz.

"A bancada do ferreiro era maior que as outras. Atrás dela havia folhas e barras de diferentes metais empilhadas.

"O ferreiro era um homem grande cujo rosto era só barba e óculos. Estevan entregou-lhe a chapa. Ele e o ferreiro tiveram uma conversa que parecia uma discussão violenta, com vários gestos exagerados com os braços; mas terminou em sorrisos, com o braço do barbudo sobre os ombros de Estevan.

"Estevan fez um gesto meio escondido para mim e eu o segui até a parte de trás dos barracos de metal, onde terminavam o cascalho e a lama e começavam as ruínas da floresta. Ele ficou de frente para aquele deserto e urinou longamente. Quando terminou, suspirou de prazer, tirou um frasco achatado do bolso de trás e tomou um gole. Depois, agachou-se na sombra dos barracos e ficou imóvel feito uma estátua de cera. Eu não sabia o que deveria fazer, então o imitei.

"Ficamos sentados ali mais ou menos uma hora, acho. Fiquei olhando para aquela imensidão de crateras cheias de água e fogo em lenta combustão que já haviam sido uma floresta. As únicas coisas vivas que ainda existiam eram as moscas interessadas na minha boca e nos meus olhos. Fiquei tentando imaginar onde todo o resto tinha ido parar. E de repente me dei conta de que aquela era a hora do dia em que eu deveria me reunir com o Goleiro, e senti uma náusea, uma culpa, uma tristeza retorcer minhas vísceras. Podia vê-lo parado na clareira, olhando em volta com os olhos ocultos pela sombra, esperando por mim. Descansei a testa nos joelhos e tentei afastar a sensação de esperança.

"Estevan levantou; um alarme que ninguém mais ouvia havia tocado dentro de sua cabeça escura. Ele se espreguiçou, olhou em volta e pareceu levemente surpreso por me ver ali.

'Vem', disse ele. 'Vamos ver se aquele ferreiro cabeludo já consertou nossa chapa.'

"A nova chapa de metal — sem nada, sem buracos ou rachaduras — estava à nossa espera. Nós a trouxemos de volta para nossa bancada junto com a velha e passamos o resto do dia furando e fazendo a nova junção. Estevan trabalhava com muito cuidado, de maneira incrivelmente lenta. Deve ter dirigido a mim no máximo umas dez palavras durante todo esse tempo. Pensei que eu fosse ficar louco. Estava extremamente, profundamente entediado, completamente confuso. Mas, pelo meu pai, me esforcei para continuar concentrado. Mais para o fim do dia, Estevan me fez usar a enorme furadeira elétrica pendurada no teto da nossa bancada. Fui bem. Ao perfurar a chapa de metal, a furadeira produzia anéis de metal. Um deles tocou minha mão esquerda e imediatamente fez sair sangue. Quando isso aconteceu, Estevan sorriu e fez um movimento de cabeça, como se tivesse me revelado um dos segredos do universo.

"Quando a luz começou a sumir do céu, Hellman saiu de seu escritório e foi até o enorme gerador cinzento na ponta da fileira de bancadas. Houve uma mudança no ritmo que vinha do gerador, e lâmpadas de arco voltaico acenderam no acampamento todo. A luz era chocante: tirava a cor de tudo. O vazio ao redor ficou ainda mais escuro; era como se nada existisse exceto o acampamento naquele vazio infinito.

"Devido à barulheira das outras bancadas e ao ronco do gerador, eu não ouvi os tratores voltando da floresta. Então fiquei surpreso ao levantar o rosto e ver meu pai e Hellman me observando enquanto eu trabalhava. A luz forte das lâmpadas se refletia na cabeça lustrosa de Hellman e iluminava o cabelo arrepiado de meu pai. O rosto dele estava ansioso, cheio de dúvida e esperança, de um forte desejo de ser agradado pelo que ouviria.

Hellman perguntou:

'E como foi o menino, Estevan? Quer ficar com ele? Ou ele é 'macaco'?'

"Estevan deu um solavanco com a grande chave de porca ajustável e prendeu a última porca no lugar. Fingi não me importar com o que ele ia dizer, mas eu me importava, desesperadamente."

— Na longa viagem de volta, na caminhonete, eu adormeci com a cabeça encostada no ombro de meu pai. Ele devia estar muito cansado por causa do trabalho, mas ficou sentado em posição ereta o tempo todo para que eu não caísse no assoalho do carro.

— ENTÃO A SEMANA passou. Estevan me ensinou, quase sem dizer nada, a fazer coisas que eu não queria fazer. Hellman observava de vez em quando. Acho que ele estava satisfeito comigo, mas era difícil saber. No fim de cada dia, as luzes fortes se acendiam e eu erguia o rosto e me deparava com o rosto do meu pai, observando ansioso. Depois, a longa viagem para casa, para a refeição que minha mãe e minha avó tinham preparado. Eu devorava tudo com fome, enquanto minha família se cutucava e sorria. E então eu dormia e tinha sonhos torturantes com o Goleiro, andando pela clareira, esperando.

No sábado, todos nós fomos trabalhar como sempre, mas, ao meio-dia, uma sirene tocou enquanto as equipes de madeireiros voltavam da floresta em suas caminhonetes, tratores e *trailers*. Fui ficar numa fila com Estevan e os outros homens da oficina do lado de fora do barraco de metal de Hellman. O Homem do Pagamento estava numa janela acima de nós e entregava um envelope marrom para cada um. A maioria dos homens abria os envelopes assim que os recebia e contava o dinheiro. Eu não fiz isso, mas aí meu pai me achou e me encorajou a abrir o envelope de pagamento e ficar feliz com o dinheiro.

"Pensei que depois que tudo isso chegasse ao fim, voltaríamos para casa. E alguns dos homens de fato foram, apressados para chegar em casa e dar o dinheiro para suas esposas ou para as moças que já lustravam os copos de cerveja no bar. Mas a maioria não foi embora. Em vez disso, saiu na direção de onde cortavam a madeira. Eu ainda não tinha ido até lá, mas o meu pai pôs o braço no meu ombro e me conduziu. Fomos todos fazendo um caminho de terra em zigue-zague até chegar num tipo de clareira de onde haviam tirado os tocos de árvore e outros detritos. O chão de terra da quadra tinha sido nivelado, e em cada uma das extremidades havia um gol feito de barras de andaime e redes. Um campo de futebol tinha sido marcado com linhas mais ou menos precisas de giz moído. Alguns homens e rapazes já estavam chutando algumas bolas naquela arena improvisada. Metade usava camisetas verdes velhas; a outra metade usava camisetas laranja velhas. Mas o uniforme parava por aí. A maioria dos jogadores usava calças jeans cortadas como shorts; alguns usavam meias, outros não; alguns usavam tênis, enquanto outros ainda calçavam suas botas de trabalho. Só um ou dois usavam chuteiras. Sentei com meu pai no lado inclinado da arena e ele se virou para cumprimentar e trocar xingamentos amistosos com outros espectadores.

"Ia ter um jogo. Senti meu sangue acordar.

"Durante um bom tempo, nada aconteceu. Os dois times — os Madeireiros, de camiseta verde, e o Acampamento, de laranja — pareciam ter mais ou menos onze jogadores cada, e continuaram a chutar as duas bolas para lá e para cá sem muito objetivo.

Reconheci dois dos Madeireiros, meninos que tinham saído da escola e começaram a trabalhar na mesma época que eu. Um era o menino alto que tinha sido goleiro no gol perto da igreja, na praça. O outro era um menino chamado Jao. Eu o conhecia bem. Ele não era grande, não era habilidoso, mas tinha garra e jogava sujo. Nos jogos na praça, seu apelido era *El Carnicero*, o Carniceiro. E ele gostava disso. Olhei para ele. Ele havia rasgado as mangas de sua camiseta e cortado as pernas de uma calça jeans. Tinha botas pesadas nos pés. As partes expostas de seu corpo pareciam arames duros cobertos por pele. Havia raspado o cabelo, e sua cabeça estreita e carrancuda agora estava coberta por uma penugem dura e arrepiada, como se fosse uma escova de metal. Um 'macaco de serra'."

"E então se ouviu um coro de aplausos e vaias e assobios de quem assistia. Um homem baixinho e atarracado trajando, incrivelmente, um uniforme imaculado de juiz descia correndo a inclinação perto da arena. Tinha um relógio em cada pulso. Um apito preso numa fita vermelha. Camiseta preta, short preto com faixa branca, meias pretas que terminavam logo abaixo do joelho. Como se fosse um juiz que tinha saído da tela da TV e ido parar naquele lugar maluco. A luz do sol se refletia sobre sua cabeça perfeitamente careca. Era Hellman.

"Hellman pegou uma das duas bolas e apitou, mandando tirar a outra bola de campo. O time dos Madeireiros adotou uma formação meio desajeitada e se preparou para começar o jogo, com o Carniceiro no centro do campo, o pé na bola. Mas o time do Acampamento, pelo jeito, estava com algum problema, porque toda sua equipe se reuniu ao redor de Hellman, gesticulando, gritando e apontando para o gol vazio do lado deles. Estavam sem um goleiro.

"Só posso dizer que agi automaticamente. Não estava exatamente ciente do que fazia. Levantei e fui andando por entre as pessoas que gritavam e entrando em campo como se estivesse no sonho de outra pessoa. O time do Acampamento ainda estava ocupado discutindo com Hellman e não me viu quando fiquei na frente do gol. E então os espectadores começaram a gritar: 'Juiz! Juiz! Goleiro! Goleiro!'

"Hellman e os outros jogadores viraram para olhar para mim. Jao, o Carniceiro, foi o primeiro a me reconhecer. Afastou-se da bola até ficar a uns vinte metros de distância de mim, parou ali e colocou as mãos na cintura. '*Cigüeña*? O que você tá fazendo aí, seu idiota?', perguntou ele.

"Era uma ótima pergunta.

"Hellman correu até ele e mandou Jao voltar para o centro. Ele olhou para mim e encolheu os ombros, como se dissesse 'Bom, problema seu'. E então Hellman correu, parecendo muito profissional, para o meio do campo, apitou e começou o jogo.

"Desde o primeiro chute estava óbvio que aquele não ia ser um jogo normal que obedecia às regras normais. Hellman apitava as faltas técnicas — era bem rígido com o impedimento, e nos primeiros minutos deu faltas diretas por mão na bola, embora os jogadores tivessem tocado na bola sem intenção e com os braços colados ao corpo. Por outro lado, deixava faltas selvagens sem punição; da minha posição no gol, eu vi dois socos e um chute na canela, mas Hellman deixou passar.

"O time do Acampamento parecia melhor que o dos Madeireiros, ou talvez menos cansado, e durante a primeira parte do jogo eu não tive muito que fazer. Fiquei a cinco passos da linha do gol, tentando observar o jogo com os olhos do Goleiro. Acho que eu parecia bem calmo em comparação com o rapaz alto no outro gol. Ele ficava se movimentando rápido dentro do gol, tocando uma das traves e depois a outra, gritando, apontando. Mas, no fundo, eu não estava com a calma ou o equilíbrio que havia aprendido na floresta. Isso porque eu vi que aquele não era bem um jogo, e sim um tipo de batalha entre duas tribos. Ele não obedecia a um padrão. Eu não tinha como prever nada. Quando os Madeireiros conseguiam a bola e avançavam para o meu gol, eu não conseguia interpretar a jogada porque eles não tinham um plano. Cada jogador que pegava a bola só queria se exibir, mostrar algum truque para driblar um ou dois dos jogadores do Acampamento. E a multidão encorajava isso, gritando e aplaudindo, como se estivesse vendo uma tourada, não um jogo de futebol.

"Finalmente, depois que nosso time não conseguiu fazer gol com dois ataques meio malfeitos, os Madeireiros conseguiram penetrar e entraram atacando na nossa área. Quatro deles contra três nossos, todos pedindo a bola aos gritos, ao mesmo tempo. Jao, o Carniceiro, era um deles. Ele entrou esmurrando pelo centro do campo na minha direção, enfiando o cotovelo direito na cara do zagueiro que o perseguia. Uns dois ataques confusos depois, a bola foi parar na ponta esquerda dos Madeireiros, à direita do meu gol. Ela foi dominada por um rapaz de pele pálida e cabelos escuros, que correu direto para o meu gol com a cabeça baixa. Jao e os outros dois Madeireiros estavam gritando, pedindo que ele cruzasse a bola. Mas o homem com a bola era tão, tão fácil de interpretar... Ele só tinha uma ideia em mente. Queria fazer um gol; não ia passar a bola. Ele era destro, então eu fui para o lado direito do gol, embora soubesse que ele não ia acertar exatamente onde mirasse. Deixou o ombro esquerdo um pouco caído, um pouco demais, e eu vi seu pé direito atingir a bola bem no lugar errado. Vi o caminho que a bola faria e sequer me movi. Ela passou direto, a um metro de distância da baliza. A multidão urrou, como se ele quase tivesse acertado.

"Antes que eu pudesse pegar a bola, o Carniceiro meteu a cara suada perto da minha, mostrando um sorriso enorme, cheio de dentes amarelos.

'Ei, *Cigüeña*. Te pegaram, cara. Você nem se mexeu. Você não sabe ficar no gol, cara. Sai de campo, imbecil. Vai acabar se machucando se não sair.'

"Hellman estava apitando feito louco e gesticulando para que eu cobrasse o tiro de meta. Peguei a bola e a coloquei sobre a linha de giz, a seis metros do meu gol. Levantei os olhos para ver quem estava se movendo, e para onde. Um dos meus atacantes estava sendo silenciosamente espancado por um dos Madeireiros; outro tinha ido bem para a esquerda, para não se meter em encrenca. O meio de campo estava uma bagunça. Durante alguns segundos, só fiquei parado. A multidão assobiava e urrava.

"Então vi um homem que parecia saber para onde correr. Ele me observava, mas mexia a cabeça constantemente, vendo onde estava a defesa. O caminho estaria livre caso ele conseguisse se desviar do homem grandalhão atrás dele. A rota que ele precisava tomar era clara para mim, feito uma estrada iluminada na noite escura. Chutei a bola e a fiz cair nessa estrada. Chutei de um jeito que ela não fosse muito forte. O meu jogador fingiu ir para a direção errada e então foi para a bola, enganando o zagueiro por completo. Dominou a bola com a parte interna do pé, e não havia ninguém entre ele e o goleiro dos Madeireiros. Imaginei que ele fosse errar por causa das várias opções. Quando não há ninguém para enfrentar além do goleiro, temos opções demais, e elas nos deixam confusos. Mas aquele homem não errou. Três zagueiros se aproximavam dele, mas ele demorou-se só alguns instantes para se equilibrar e, assim que o goleiro dos Madeireiros saiu correndo, deslizou a bola para o canto da rede com o pé esquerdo.

"A torcida do Acampamento urrou e fez uma ola — mas não muito bem. Os torcedores dos Madeireiros assobiavam e caçoavam, o goleiro começou a gritar furiosamente com sua própria defesa, e o homem que fez o gol quase desapareceu sob os abraços de seus colegas de time. Não fiquei surpreso ao perceber que ninguém reconhecia minha parte no gol. E eu disse a mim mesmo que não ligava. Mesmo assim, fiquei absurdamente feliz quando, logo antes de o jogo recomeçar, o jogador que fez o gol virou para mim, ergueu os dois braços acima da cabeça e me aplaudiu.

"Até pouco antes do fim do primeiro tempo, nada de mais aconteceu que me ameaçasse. Quando o assunto era ataque, os Madeireiros agora tinham uma ideia fixa, que era passar a bola para o Carniceiro. Ele já tinha partido ao meio o lábio de um dos zagueiros, e sua ferocidade sem dúvida metia medo na minha defesa, que não queria chegar perto dele. Portanto ele tinha mais espaço do que deveria ter. Mas quando a bola ia para ele, o Carniceiro estava tão ocupado empurrando e batendo nos zagueiros que se esquecia por completo de mim. Ele acreditava que eu não servia para nada. Então para mim era fácil cortar os cruzamentos antes que chegassem até ele, e isso aconteceu várias vezes. Certa vez, quando a bola foi mandada para ele, ele pulou no ar quase na horizontal, tentando dar um voleio espetacular. Mas como ele só tinha aquele pensamento fixo na mente — já até conseguia ouvir os aplausos —, olhava apenas para a bola e não tinha o menor interesse em saber onde eu estava. Saí rápido do gol e peguei a bola no ar. O Carniceiro chutou o vazio e caiu no chão, braços e pernas para todos os lados. A multidão ainda ria mesmo depois de eu jogar a bola de volta para o campo.

"Eu tinha feito um inimigo, e foi provavelmente naquele momento que o Carniceiro decidiu me machucar da pior maneira possível. Ele teve sua chance pouco antes de Hellman apitar o início do intervalo. Os Madeireiros estavam tentando atacar pela direita. Um dos jogadores foi até a linha de fundo e, embora a bola provavelmente fosse sair de campo, o lateral esquerdo derrubou o atacante com um carrinho brutal com os dois pés. Hellman não só marcou a falta como mostrou o cartão vermelho. Fiquei surpreso ao ver o lateral esquerdo apenas sair de campo, sem reclamar. Ele simplesmente saiu para enfrentar a tempestade de assovios e vaias. Fiquei impressionado por Hellman ter tamanha autoridade naquela batalha brutal. Mas, é claro, eu também não tinha nenhuma experiência com chefes.

"Fiz o possível para organizar a barreira. Lembrei-me do que o Goleiro havia me ensinado: o propósito de uma barreira não é impedir um chute, e sim induzir o homem que vai bater a falta a fazer o que você quer que ele faça. Mas meus jogadores não entendiam isso. Pior ainda: eles não ficaram firmes e unidos, então o Carniceiro conseguiu, com ajuda dos cotovelos, penetrar no meio da barreira. Obviamente ele ia sair dali e partir para cima de mim assim que fosse cobrada a falta.

"Na verdade, o jogador resolveu chutar direto para o meu gol. Fez um grande estardalhaço, sinalizando para os outros atacantes, fingindo que ia cruzar. Mas seus olhos mentiam, e, quando ele correu para a bola, mudou o peso de lado para dar o chute. Não foi um chute ruim: baixo, passando pela barreira, com efeito. Vi a direção que ele queria que a bola tomasse e me joguei para a esquerda, deixando as pernas mais para trás caso a bola desviasse em algum dos meus jogadores. Mas ela foi direto, e eu coloquei todos os dedos da minha mão esquerda na bola e a empurrei para fora. Não foi difícil, e tive meio segundo para mudar a direção do olhar. Vi o Carniceiro quase em cima de mim, e vi que ele estava me observando, e não a bola, porque eu era seu alvo. E vi suas botas erguerem-se na direção do meu rosto, e vi em seus olhos a imagem do dano que ele queria causar.

"E aquele foi o primeiro momento em que eu compreendi o quanto os ensinamentos do Goleiro haviam se entranhado profundamente em mim. Eu não me *lembrei* da onça. Não tive tempo para lembrar ou pensar no grande felino. Não era uma questão de *imitar* sua bela agilidade, a maneira com que ela se ajustava no meio de um salto. Naquele momento, eu *era* ela. Meu corpo, como o dela, sabia o que fazer. Então, em vez de cair no chão logo depois de defender o gol, eu me contorci de maneira que meus quadris e minhas pernas empurrassem meu corpo para fora da trave. Cai de joelhos com as mãos no chão, sentindo a pele rasgar, mas sem dor, a tempo de ver o Carniceiro se chocar contra a trave de aço do gol, a centímetros do meu rosto. Seu pé direito atingiu a trave, jogando seu corpo de lado e para a frente de tal modo que seu braço erguido, seu rosto vermelho e furioso e seu peito se chocaram contra ela quase ao mesmo tempo. A trave de aço vibrou e ele caiu no chão tão mole que, por um terrível instante, pensei que tivesse morrido.

"Hellman apareceu na boca do gol, apitando loucamente. No campo periférico da minha visão percebi que os torcedores se levantavam para ter um ângulo melhor do desastre. Hellman ajoelhou-se perto do Carniceiro e abriu as pálpebras do rapaz inconsciente. Alguns homens saíram da torcida para ajudar, ou apenas para xeretar. Hellman pareceu satisfeito ao perceber que o Carniceiro ia viver, então ficou de pé e apitou para indicar o final do primeiro tempo. O Carniceiro foi carregado na direção do acampamento, deixando um rastro fino e escuro de sangue na poeira vermelha clara.

"Fiquei de pé e vi o rosto de Hellman bem perto do meu. Ele me observava como se eu fosse uma máquina particularmente difícil de entender.

'Interessante', disse ele.

"Não houve intervalo de verdade no jogo. Alguns dos jogadores bebiam água de garrafas que eram entregues pelos torcedores, mas eu não estava com sede. Os times mudaram de campo. Depois de bastante confusão em meio à torcida, um homem surgiu para substituir o Carniceiro. Pelo modo como ele entrou em campo, ficou claro que ele não ia ser problema.

"Então recomeçamos. Um a zero.

"Hellman teve dificuldade em controlar a segunda metade da batalha. Ele acompanhava bem o jogo, nunca distante da bola, mas a torcida tinha mais poder do que ele. As tomadas de bola violentas eram aplaudidas, então diversas vezes vi Hellman colocar o apito na boca para indicar uma falta, mas desistir e deixar o jogo seguir. Hellman era um homem forte, mas uma torcida às vezes tem mais poder sobre o jogo que o juiz.

"Então, assim como no primeiro tempo, o jogo foi muito indisciplinado e difícil de interpretar. Diversas vezes tive de impedir passes desesperados dos jogadores do meu próprio time. A maioria das minhas defesas acontecia em meio a um redemoinho de pernas e pés, e eu precisava me encolher e dobrar o corpo ao redor da bola para me proteger.

"E então Hellman deu pênalti. Um dos meus zagueiros fez uma jogada maluca na pequena área, por trás, derrubando um dos Madeireiros. E não precisava, porque o atacante estava completamente desequilibrado e não tinha a menor chance de fazer o gol. Mas era um bom ator e caiu de um jeito espetacular, rolando e rolando até finalmente ficar caído de cara na terra, como se tivesse levado um tiro. Os Madeireiros na torcida começaram a assobiar e gritar, e seus jogadores cercaram Hellman, balançando os braços, caindo de joelhos e erguendo os olhos ao céu como se estivessem rezando para a Virgem Maria. Era como ver uma peça de teatro encenada por loucos. Hellman foi afastando as pessoas até chegar ao lado esquerdo do meu gol, ainda cercado de jogadores que protestavam e imploravam. A bola tinha rolado suavemente até meus pés, então eu a apanhei e coloquei no ponto do pênalti. Andei de costas, percorrendo metade da distância até o gol, e fiquei esperando.

Por algum motivo, fazer isso acalmou toda a situação. Os jogadores do meu time me olhavam como se eu tivesse ficado completamente louco. Um dos Madeireiros colocou as duas mãos nos ombros de Hellman e o girou para que ele visse o que eu tinha feito. O próprio Hellman, que antes estava apitando loucamente e tentando empurrar os jogadores para longe de si, olhou para mim cheio de surpresa. O grupo de jogadores que o cercava se dispersou e ele foi até a bola para colocar o pé sobre ela. Ele me encarou de um jeito sério — mas havia algo de bondoso naquele olhar. Eu o ajudei a sair de uma enrascada e ele sabia. Ele me deu as costas e, usando os braços e o apito, fez todo mundo ficar atrás da bola. Fiquei exatamente onde estava, no meio do caminho entre a bola e a linha do gol.

"Um dos zagueiros dos Madeireiros, um jogador negro e forte, veio bater. Uma enorme onda de assobios tomou conta da torcida. Hellman afastou-se da bola e ficou à minha direita. Eu não voltei para mais perto do gol. Estava tentando me lembrar de tudo o que o Goleiro havia me ensinado sobre os pênaltis. Havia uma batalha mental a ser travada entre mim e o jogador que ia bater o pênalti, e eu tentava fazê-lo olhar para mim, para ele ver que estava com mais medo do que eu. Hellman apitou furiosamente e fez um gesto para que eu ficasse perto do gol. E, assim que eu comecei a me afastar, o jogador dos Madeireiros cometeu o erro de me olhar nos olhos. Vi que ele era um homem inteligente que entendia o que estava acontecendo. Ele tentou, com todas as forças, me dizer com os olhos que ia me derrotar, mas vi que na verdade ele estava ouvindo os urros da torcida e imaginando, prevendo, o quanto seria terrível para ele errar. Então, me afastei até ficar na linha do gol. Ele virou e se afastou sete passos da bola. Contei os passos e vi que ele ia chutar com o pé direito. Ele ficou parado até Hellman apitar. Naquele pequeno instante em que ele esperava, fiquei ereto, com as mãos nos quadris, como se estivesse observando algo em que não tinha o menor interesse. Achava que estava sendo muito esperto.

"Ele chutou exatamente como eu achei que o faria. Ele disfarçou muito bem, mas, na fração de segundo antes de atingir a bola, ele mudou o peso do corpo e me contou que ia mandar a bola na minha direita. Lembrei-me do primeiro dia com o Goleiro, ele jogando a bola para mim, eu parado, com lágrimas nos olhos, gritando 'Baixa, esquerda!' ou 'Esquerda, alta!'. E, assim como naquele momento, eu sabia para onde a bola ia. Então me lancei na trajetória da bola, os braços flexionados para o impacto, as mãos bem abertas, o corpo de frente para a bola, as pernas afastadas no ar. Tinha certeza absoluta de que alguma parte de mim — mãos, braços, rosto, peito, coxas, pernas, pés — bloquearia a bola. Na minha mente, conseguia visualizar todos os ângulos que a bola poderia fazer.

"O que eu não tinha pensado era na possibilidade de que o chute saísse errado. Realmente não tinha pensado nisso. Talvez porque estivesse nervoso, ele errou. Seu pé tocou no chão no mesmo momento em que atingiu a bola, e ela não foi para onde deveria ir. Em vez disso, foi bamboleando para o centro do gol, para o ponto onde eu estava uma fração de segundo antes.

"Isso deixou a bola um pouquinho mais lenta, o que fez com que eu tivesse uma mínima chance. Torci o corpo e joguei a mão esquerda na trajetória da bola, e meus dedos de alguma maneira chegaram até ela e a fizeram saltar por cima da trave. Aquele momento no ar pareceu durar uma eternidade, e então o tempo acelerou e eu atingi o chão com as costas e os ombros. O impacto me fez ficar sem ar, e a sensação era de que eu tinha quebrado todos os ossos do meu corpo. O mundo ficou vermelho brilhante e depois totalmente escuro durante um momento. E então senti que me colocavam de pé e estava em meio aos meus jogadores, sendo segurado por eles — que gritavam e me beijavam —, aturdido. Consegui me livrar deles e agarrei a trave, lutando para conseguir respirar novamente e dar um fim à dor. Segurando-me à trave, levantei a cabeça e vi — ou imaginei — um vulto negro e prateado, como se fosse um negativo de uma foto, atrás do gol, me observando. E aí eu fiquei ereto, me virei e vi Hellman me olhando no rosto com interesse.

'Você está bem, né?', perguntou ele. 'Quer continuar?'

"Fiz que sim e consegui dizer:

'Sim, estou bem.'

'É escanteio. Está pronto?'

"Assenti novamente. Hellman correu para trás de um jeito alegre e apitou.

"Os meus zagueiros e os Madeireiros estavam se empurrando, tentando ocupar o espaço para cabecear ou chutar. A bola veio do canto, alta e longa demais para que eu pudesse pegá-la mesmo se estivesse me sentindo bem. Estava tentando me concentrar ao máximo no movimento da bola, mas minha visão periférica estava embaçada. A bola não alcançou ninguém do ataque dos Madeireiros, e um dos meus zagueiros a rebateu para o meio de campo. Ela caiu perfeita para um dos jogadores do outro time, que a matou no peito. Ele conduziu a bola passando por dois dos jogadores do Acampamento e, quando estava a vinte metros, chutou num semiarco perfeito para o meu gol. A bola veio rápida, com certo efeito. Eu a impedi por puro instinto. Ainda estava meio tonto da queda para perseguir a trajetória da bola, mas caí com a esquerda, com os braços e pernas abertos. A bola atingiu a parte interior do meu braço esquerdo, que tirou a velocidade dela. Ela caiu no chão perto de mim, e eu rolei e a cobri com o corpo. Senti uma vontade enlouquecedora de dormir ali mesmo, no chão, com os braços cobrindo a bola e pés quase quicando minha cabeça.

"O apito de Hellman me forçou a ficar de pé. Bati a bola duas vezes, tentando conseguir tempo e forças suficientes para chutá-la. Mas eu não conseguia. Então joguei a bola para um jogador livre na lateral direita. Foi um passe razoável. Ele a dominou bem e passou por uns dois jogadores que tentaram tirar a bola dele, quase chegando à linha de fundo dos Madeireiros. Fez um bom cruzamento e o mesmo jogador que tinha feito nosso gol no primeiro tempo cabeceou a bola com perfeição e a fez passar pelo goleiro adversário, que pelo jeito esperava que ele fosse errar e estava com o peso do corpo sobre o pé errado.

"Cinco minutos depois, Hellman apitou o fim do jogo. Tínhamos feito dois gols sem dificuldade. Meus jogadores me cercaram, bagunçando o meu cabelo, me cumprimentando e todo o resto. Uns dois jogadores do time adversário me deram um aperto de mão, o que me surpreendeu. O que bateu o pênalti, o jogador negro e forte, foi um deles.

'Você estava com tudo, cara.'

'Desculpe pelo pênalti', eu falei, sem pensar no que dizia.

Ele deu um largo sorriso.

'Pensei que você não fosse conseguir. O que você fez foi impossível, cara. E eu chutei errado. Sabia?'

'Sim', respondi. 'Você queria ir pra direita. Eu saí cedo demais.'

'Você foi muito bem', ele disse.

"Assenti, sem saber o que dizer. Não estava acostumado a receber elogios. Ele sorriu de novo e se virou para ir embora. Mas parou e deu meia-volta.

'E eu nunca te vi antes. De onde você é?'

'Da floresta', respondi. Ainda estava meio tonto.

Fui até onde estava meu pai. Seus amigos estavam conversando com ele sobre mim, e ele mexia os pés, parecendo embaraçado. Estava numa posição difícil. Ele queria sentir orgulho de mim, mas eu ajudei a derrotar o time dele. Ele sorria e balançava a cabeça ao mesmo tempo. Por fim, disse: 'Os seus joelhos estão um horror. Você vai precisar se limpar quando chegar em casa. A sua mãe vai ter um ataque.'

"Voltamos para os caminhões. Quando estávamos passando pelos barracões de metal, Hellman, ainda elegante em seu uniforme de juiz, veio até a porta do escritório.

'Ei, garoto!'

"Paramos, eu e meu pai, e viramos para ele. O meu pai ficou nervoso, já que Hellman estava franzindo o cenho.

'Você é bem bom pra um rapaz tão alto', disse Hellman. 'Onde aprendeu a pegar bola desse jeito? Você é uma daquelas estrelas que jogam na praça lá na cidade, né? Como é que te chamam lá?'

'Eles me chamam de *Cigüeña*, chefe.'

Hellman olhou para mim, sério e desconfiado.

'Cegonha? Por que diabos te chamariam disso?'

"Dei de ombros, sem saber o que dizer. Ou talvez porque fosse uma longa história.

'Certo. Mas quero ver você jogar no sábado que vem, tá?'

'Eu não sei', respondi.

Meu pai me cutucou com o cotovelo nas costelas.

'Sim, senhor', corrigi."

— NO DIA SEGUINTE, um domingo, depois da igreja e do almoço, esperei minha família fazer a *siesta* e fui para a floresta.

"Entrei na clareira e olhei para a esquerda, para o ponto onde esperava ver o Goleiro. Ele não estava lá.

"Olhei para a direita e lá estava ele, a seis metros da linha do gol. Como se estivesse esperando um pênalti. Com as mãos nos quadris, assim como eu havia ficado no jogo do dia anterior. Ele parecia tão *arrogante*, tão ridiculamente seguro de si... Assim como eu devo ter parecido. A bola estava na marca do pênalti.

"Eu me dei conta de que ele estava zombando de mim. O Goleiro me fez muitas vezes confrontar meus próprios defeitos — minha falta de jeito, minha ausência de fé. Aquela era a primeira vez que ele me fazia sentir vergonha. A sensação perfurava meu peito como a grossa ponta da furadeira do Estevan. E ainda estava me perfurando quando foi seguida de algo pior. O Goleiro tinha feito de mim o que eu era, e eu me sentia infinitamente grato. Mas eu nunca havia imaginado que ele poderia me *seguir*. Eu não queria abandoná-lo, mas a possibilidade de que eu não *poderia*, que ele talvez fosse me assombrar para sempre, em todos os lugares, era aterrorizante. Detestável.

"Eu me aproximei e o encarei. 'Você estava observando, não estava?', eu disse, tendo de forçar as palavras para fora. 'Você estava lá no acampamento quando eu fiquei no gol'.

"A boca dele se moveu abaixo dos olhos profundamente assombreados. A palavra se seguiu: 'Claro'.

"Foi tão casual o jeito com que ele disse isso... Como se estivesse confirmando um fato trivial que eu já deveria saber. Ele claramente não tinha o menor interesse no meu medo e na minha fúria. Ele me deu as costas e foi até a boca do gol. E então ficou de novo de frente para mim, agachado.

'E agora?', perguntei, finalmente. Podia ouvir o tom amargo da minha própria voz.

"O Goleiro apontou para a bola.

'Você vai defender pênaltis.'

'Você sabe que não vou conseguir', eu disse.

O Goleiro pôs-se de pé, ereto.

'Não sei de nada disso.'

'Eu nunca te derrotei. Você sempre soube o que eu estava pensando.'

'Então pense em alguma coisa que eu não consigo adivinhar', respondeu o Goleiro. 'Esconda os seus pensamentos de mim.'

"Era um desafio idiota, ridículo, impossível. Eu o odiei. Dei quatro passos para trás, e uma pequena voz na minha cabeça dizia *eu te odeio*. Chutei a bola: *eu te odeio!*

Impulsionei a bola para a direita, baixa. O corpo do Goleiro parecia querer ir a duas direções ao mesmo tempo; a parte superior foi para a direita, mas ele hesitou. Seus quadris, pernas e pés pareciam pensar de um jeito diferente e jogaram o equilíbrio para a esquerda. Ele cambaleou, recompôs-se, e estava prestes a defender a bola com a mão esquerda quando ela passou voando por ele e entrou no gol; ele ficou confuso, e era tarde demais. Ele acabou com um joelho e a mão esquerda no chão. Eu o havia derrotado.

"Ele não olhou para mim. Pegou a bola da rede, rolou-a nas mãos, quicou-a duas vezes, e depois ficou segurando.

'Um bom pênalti', disse ele. 'Você escondeu bem de mim os seus pensamentos. Não consegui adivinhar.'

"Olhei para baixo, para a grama, como se tivesse visto algo de interessante ali.

'Por hoje é só, acho', ele disse. 'A sua família deve estar te esperando. Está ficando escuro.'

"Olhei para o céu. O sol ainda estava bem acima das copas das árvores."

— Na segunda de manhã, fomos para o trabalho sob um céu azul. Uma nuvem comprida de poeira vermelha seguia a picape. No acampamento, meu pai me deu um tapinha nas costas e depois me deixou. Fui até os barracos de metal. Estevan já estava em sua bancada, apertando os olhos enquanto lia um papel preso num quadro. Levantou os olhos quando minha sombra caiu sobre ele. E então ele fez uma coisa estranha. Ele fez uma mesura, fazendo um gesto floreado com o braço, como se fosse um criado em uma comédia.

'Bom dia, *El Gato*. Espero que você esteja bem, *Gato*.'

"Olhei para ele. Achei que estivesse sendo sarcástico de alguma maneira que eu não entendia. Pensei que talvez eu tivesse feito algo de errado, algo que não sabia. Confuso, continuei em silêncio.

"Estevan ficou ereto e olhou para mim com ar de grande preocupação.

'*El Gato*? Será que algum outro gato comeu a sua língua, *Gato*? Está tudo bem?'

'Estou bem, *señor* Estevan', eu disse, finalmente. 'O que é isso de *El Gato*?'

"Estevan arregalou bem os olhos, como se fossem dois alvos em branco e marrom.

'Você não sabe? Todo mundo está chamando você assim depois do jogo de sábado. Eu pensei que você fosse só um menino aprendendo as coisas da oficina. Agora estão dizendo que eu tenho um grande goleiro trabalhando comigo. *El Gato*. As pessoas aqui dizem: 'Estevan, cuide do rapaz. Deixe-o longe das furadeiras e das lâminas. Vê se ele não se machuca que nem os outros. Ele é como um gato!'. E, além disso, eu estava lá no jogo. Você foi ótimo.'

"Durante toda a manhã e o resto do dia, os homens que vinham até a nossa bancada ou só passavam por ela faziam questão de me chamar de '*Gato*'. E foi daí que veio o nome. Não dos jornais, Paul, não dos jogadores, mas daquele lugar infernal. E, desde então, não tenho outro nome.

"Minha segunda semana no acampamento foi bem parecida com a primeira. Eu trabalhava na bancada com o Estevan, exceto quando nós dois estávamos lutando com as entranhas hidráulicas cheias de graxa de uma das máquinas amarelas gigantes. E o final de cada dia também era a mesma coisa: a volta cheia de sacolejos para a cidade, chegar enquanto os últimos dos jogadores da praça desistiam de lutar contra a escuridão; eu devorando o jantar e adormecendo exausto no meu quarto quente e pequeno.

"No sábado, depois da fila do pagamento, Estevan me presenteou com algo dentro de uma sacola plástica. Eu estava perto do meu pai.

'Anda, filho, abre.'

'O que é isso, *señor* Estevan?', perguntei.

"Estevan encolheu os ombros, fazendo seu dente de ouro brilhar.

'Olha aí.'

"Algo macio, preto, dobrado. Eu desdobrei e era uma camiseta nova. Nas costas havia um grande número 1. Na frente, Estevan tinha usado algum tipo de tinta branca para fazer o desenho rudimentar de uma pequena onça saltando. Era o meu primeiro uniforme. Eu não sabia o que dizer. Meu pai e Estevan sorriam largamente para mim, feito dois macacos. E então eu percebi outra pessoa atrás de mim. Eu me virei e lá estava Hellman, já trajando seu uniforme perfeito de juiz.

'Só porque você ganhou o número 1, não significa que você fez por merecer', disse ele. 'Enfim, vista. Temos uma partida para jogar.'"

— Quando chegamos ao campo de terra vermelha, já havia vários homens esperando para ver o jogo. Fiquei confuso e embaraçado quando alguns deles me aplaudiram no momento em que fui para o gol na frente da torcida do time do Acampamento.

— Eu estava tremendo. Não por causa da torcida e do que esperavam de mim. Estava tremendo por causa do espectador que eu não podia ver, e do que ele pensava de mim usando a camisa de número 1. Dei a volta na parte de trás do gol fingindo verificar a rede. Será que havia, perto de uma das traves, um espaço alto onde o ar estava mais frio, mais denso de alguma forma? Talvez. Ou talvez o que causava aquele arrepio em mim era lembrar o nosso último encontro na floresta — o medo e ódio que tomaram conta de mim e que levaram o Goleiro a cair de joelhos. Aquele momento mudou tudo. Passamos para um nível diferente, o Goleiro e eu. Eu não sabia como, exatamente. Era algo que eu só conseguia sentir, como uma sensação desconfortável e fria no meu estômago. Eu sequer tinha certeza se ele estava ali no gol comigo como meu amigo ou meu inimigo. Tudo o que eu podia fazer, a única coisa que eu poderia fazer, era jogar bem. E voltar para a floresta no dia seguinte.

"Fiquei no gol, enquanto Hellman apitava e os times ficavam mais ou menos em formação.

"Nosso time não era composto pelos mesmos onze jogadores que haviam participado do último jogo, mas o que fez o gol estava lá. Jao, o Carniceiro, não havia melhorado o bastante para fazer parte do time dos Madeireiros. Seu lugar fora tomado por um homem mais velho, bem alto. Os Madeireiros haviam decidido que talvez eu pudesse ser derrotado no ar.

E foi assim que eles tentaram acabar comigo. Muitos cruzamentos altos, alguns bons, vieram na minha direção. A maioria era feita por um jogador baixinho, de cabelo espetado e bem curto. Ele era destro, mas jogava na ala esquerda, o que a princípio me deixou confuso. Mas depois percebi por que ele estava ali. Ele fazia muito bem uma jogada: chegar até a linha de fundo e cruzar a bola com a parte exterior do pé direito, fazendo com que ela desenhasse uma curva e se afastasse de mim conforme se aproximava. Quando isso acontecia, eu só tinha duas opções. Podia tentar me enfiar por entre os corpos à minha frente e apanhar a bola no ar ou podia esperar, sob o travessão, por qualquer tipo de chute que atravessasse a maçaroca de jogadores. Não gostava de nenhuma das duas opções, e ainda não gosto. Porque a gente tem pouco controle sobre o que acontece. Em uma das vezes, tive de socar a bola com a mão esquerda para que ela saísse de perto da cabeça do homem alto; essa é a pior e mais desesperada defesa que um goleiro como eu pode fazer. Mas consegui impedir cada bola que vinha, inclusive uma que bateu na coxa de um dos meus zagueiros de tal forma que eu tive que mudar meu equilíbrio e minha direção no último instante para empurrá-la para longe das traves. Também precisei me atirar para interceptar um perigoso passe de calcanhar dado pelo bom jogador negro cujo pênalti eu tinha defendido no último jogo. Mas, lá pelo meio do jogo, os Madeireiros já podiam farejar o cheiro da derrota que chegava. Eles começavam a pensar que não conseguiriam fazer a bola passar por mim.

Quando mudamos de lado de campo, nosso habilidoso atacante — seu nome era Augustino — apoiou o braço ao redor do meu pescoço.

'A gente vai ganhar essa, *Gato*?'

'Acho que sim. Eles parecem cansados.'

Augustino riu.

'Escute. Durante muito tempo foi assim: os Madeireiros quase sempre ganhavam. Eles são mais fortes que a gente', disse ele, e deu de ombros. 'Os homens faziam apostas, mas pararam de apostar porque quase sempre perdiam. Mas hoje, todo mundo está apostando de novo. E nós somos os favoritos.'

'Acho que a gente vai ganhar', eu disse.

'Por sua causa.'

'Não. Eu não faço gols.'

'Meu amigo, é fácil fazer gols contra um time que acha que já perdeu o jogo', disse Augustino. 'E esses caras acham que já perderam. E é por sua causa. Os atacantes ficam muito cansados quando se esforçam sem parar e não marcam nunca. O jeito que eles têm de conseguir a energia de volta é fazer um gol. Você tirou toda a energia deles. Entende o que estou dizendo?'

'Sim. Alguém já me disse isso.'

'E essa pessoa estava falando a verdade.'

"Hellman apitou longamente. Ficamos em posição e recomeçamos o jogo.

"Ganhamos por três a zero. Augustino fez um dos gols. Eu não desgracei a camisa de Estevan. Meu pai perdeu dez dólares, e se juntou às pessoas que aplaudiam quando saí de campo. Mas o orgulho do meu pai não era mais suficiente. Eu precisava do respeito de alguém bem mais difícil de agradar. Alguém que queria algo de mim; alguém que esperava. Esperava com aquele tipo de paciência que só os mortos possuem, porque têm todo o tempo do mundo."

— Ele se materializou da sombra das árvores no mesmo instante em que pus os pés na clareira. Imediatamente deixou a bola cair à sua frente e correu para a linha de fundo, posicionando-se para um escanteio. Ele nunca pareceu estar com pressa antes, e eu fiquei surpreso. Quase de um jeito impaciente, ele sinalizou para que eu fosse para o gol, e, quando eu cheguei lá, ele mandou uma bola alta e cruzada para dentro, que eu apanhei perto do canto superior esquerdo. Ele sinalizou — novamente daquele jeito apressado que me deixava perplexo — e, dessa vez, cruzou de um jeito que a bola se afastou de mim. Eu não consegui chegar até ela. Sinalizou novamente, outro escanteio. E outro, e mais outro. Ele havia descoberto a minha fraqueza. Bom, não exatamente uma fraqueza. Ele estava me lembrando de que havia um tipo de cruzamento que os goleiros sempre temeriam — o tipo com o qual eu tivera problemas no dia anterior, na partida do acampamento. Ele começou a cruzar bola atrás de bola; elas vinham retas e depois se afastavam de mim, indo na direção da extremidade da grande área. Na clareira, naquela tarde, lidei com elas sem grandes dificuldades, saindo rápido do gol e puxando-as para o meu peito, ou então as empurrando para fora.

"Mas era fácil demais. Nós dois sabíamos. Ele trouxe a bola para mim e ficou me encarando.

'Diga-me', disse ele.

'Eu não conseguiria fazer isso naquele jogo', eu disse. 'Eu seria bloqueado, mesmo se gritasse pela bola e meus zagueiros me deixassem sair. Porque os atacantes só ficariam ali de pé e me deixariam chegar até eles: não seria falta. Como ontem.'

'Sim', respondeu o Goleiro. 'E daí?'

'Eu não sei. Talvez não haja nada que se possa fazer.'

"O Goleiro ficou agitado. Foi muito estranho. Sua forma tremeu e ficou levemente borrada nas extremidades, como se ele quisesse ao mesmo tempo estar ali e em outro lugar. Isso me assustou. Estava acostumado com ele calmo, confiante, poderoso. Deixou a bola cair e colocou o pé sobre ela. Depois se inclinou e a apanhou. Deu-me as costas e ficou de frente para a muralha escura da floresta. E disse algo que eu não consegui ouvir direito.

'O quê?'

"Ele se virou para mim. 'Como será que posso te mostrar?', disse ele, e havia um tom muito preocupado em sua voz sombria. 'Temos tão pouco tempo.'

"Pela primeira vez em dois anos, ele não parecia ter controle sobre mim ou sobre a floresta. Ou sobre si mesmo. Senti pena dele. E fiquei espantado por me sentir assim. Quais são as palavras para descrever o que eu sentia por ele até aquele momento? Terror, no começo; medo, confiança, respeito, vergonha. Amor, quase. Ódio, às vezes. Todos sentimentos grandes, bem grandes. E agora eu estava com aquele sentimento pequeno, medíocre — sentia pena dele. Fiquei chocado ao perceber isso. E naquele momento eu me dei conta de que era tão alto quanto ele, e podia fazer muitas das coisas que ele podia fazer. Eu o estava superando, deixando-o para trás, como uma criança que deixa de gostar de brincar e de sonhar. Não era uma sensação boa. Então eu tentei fazer um gracejo.

'Precisamos de mais jogadores', eu disse. 'Precisamos de uma barreira para me atrapalhar, atacantes de frente para mim. Talvez você devesse chamar outros jogadores do meio da floresta.'

"Ele olhou para mim como se essa fosse uma possibilidade real, como se estivesse pensando em fazer algo dentro de seu alcance, mas que também o deixava muito assustado.

'Eu estava brincando', eu disse.

"Ele olhou para mim como se eu tivesse falado em uma língua estrangeira. Então seu rosto ficou em foco novamente; as beiradas trêmulas de seu contorno ficaram firmes.

'Não temos muito tempo', disse ele.

"Eu fiquei perturbado por ouvir aquilo de novo.

'Por que não? O que vai acontecer? Você vai para algum lugar?'

'Não, você vai', respondeu ele, e começou a se afastar de mim, de volta para o esconderijo escuro da floresta.

'Por favor', eu disse. Foi tudo que consegui dizer.

"Ele parou, mas não virou.

'Por favor', implorei novamente.

"Ele virou e voltou. Pensei que ele fosse jogar a bola e continuar nosso treino, mas não fez isso. Ficou a dois metros de mim e disse:

'Preste atenção. A vida muda. A mudança é tudo — a mudança é a própria vida. A única coisa que continua igual é estar morto, pode acreditar. Você mudou, e é assim que a vida se manifesta em você. Quando você veio para cá pela primeira vez, era fraco, solitário, não sabia o que tinha dentro de si mesmo. Agora você sabe. Você é um goleiro. Você sabe o que pode fazer. Então vai lá e faça.'

"Aquilo soava como uma despedida, uma rejeição, e eu não me sentia pronto. Então achei algo para dizer, algo para fazê-lo continuar ali comigo.

'Eu ainda não sei o que fazer com aquele escanteio que vem girando pra fora.'

'Fica na sua linha', respondeu ele. 'Fica na sua linha e espere o inesperado.'

"Eu sorri e disse: 'Mais uma das suas charadas'.

'Não. O inesperado é a única coisa com que você pode contar. É isso que eu tenho a dizer. O jogo sempre muda. Se você é um jogador, você deve mudar junto. O futebol, o tipo de futebol que eu jogava, se foi. O poder das jogadas. Agora, os meio--campistas fazem passes impossíveis da linha de meio de campo. Zagueiros jogam como alas. Centroavantes jogam de costas para o gol, escorando a bola para os zagueiros que vêm atacar. Tudo é fluido. Tudo é possível. Tudo muda. Você, principalmente. E você tem sorte, de certa maneira. Você tem um lugar onde deve ficar, um lugar para defender. A floresta te ensinou isso. É bem simples, no fim das contas. Como a floresta, você vai enfrentar times que só pensam em uma coisa: em como te cortar. Ou em como te atravessar, te contornar, te atropelar. E tudo o que você tem de fazer é impedi-los. Que é algo que você sabe fazer agora, porque eu te ensinei. Você tem algo a defender, a proteger. É só um gol, é claro: três pedaços de madeira e uma rede. Mas isso é mais do que a maioria das pessoas tem. E, se você consegue proteger isso, então talvez outras coisas, coisas mais importantes, também possam ser protegidas. Entende o que estou dizendo?'

"Bom, não, eu não entendia o que ele queria dizer. Eu era, afinal de contas, muito jovem. Tinha a sensação de que um homem bem mais forte que eu estava me entregando um fardo muito pesado porque não conseguia mais carregá-lo. Não era o que eu queria. Mas não consegui pensar em nada para dizer.

"O Goleiro virou-se para as árvores e foi andando.

'Espere!', eu chamei, e ele parou e ficou de frente para mim. 'Você disse que eu ia para outro lugar. O que você quis dizer com isso? Para onde é que eu vou?'

'Não posso te dizer. Não estou escondendo nada de você. Eu não sei.'

"Ficamos nos encarando através da clareira. Senti quase tanto medo quanto da primeira vez que estivemos ali, tanto tempo atrás. E então ele virou e se fundiu com a escuridão da floresta.

PAUL FAUSTINO havia entrevistado centenas de jogadores, e a tentativa de fazê-los descrever a experiência do campo, de ganhar ou perder um grande jogo, era quase sempre como tentar tirar leite de pedra. Clichês pingavam desses homens com seu suor. Mas *Gato* era um animal completamente diferente. Ele descrevera jogos rústicos cheios de violência em um acampamento de madeireiros no meio do nada, e Faustino percebeu que havia ficado completamente absorto. Estava desesperado para que *Gato* falasse sobre a final da Copa do Mundo do mesmo jeito que havia descrito aquelas partidas informais. O problema era que *Gato* tinha um plano diferente. Por algum motivo, ele havia escolhido aquela entrevista para despejar sua fantasia insana sobre ele mesmo e o tal do Goleiro.

Faustino disse a si mesmo para ser paciente. A meia-noite já tinha chegado e ido embora, mas ele precisava ser paciente. Apertou os olhos para enxergar o contador digital do gravador. Ainda havia bastante espaço.

O goleiro tinha voltado a falar.

— Na semana seguinte, no acampamento, Estevan estava muito orgulhoso de mim, de um jeito cômico, chamando os trabalhadores que passavam e me apresentando: 'Ei, você conhece o meu menino, *El Gato*? O melhor jogador a sair desta droga de floresta. Ei, ei! Limpa essa mão cheia de graxa antes de cumprimentar o rapaz, cara!'.

"Na terça de manhã, o céu estava com um estranho tom esverdeado. Enquanto avançávamos para o trabalho na traseira da picape, ventos fortes começaram a soprar, lançando agulhadas de chuva em nossos rostos. Quando chegou o meio da manhã, a tempestade caía sobre o acampamento. O vento gritava pelos vãos entre os barracos de metal, lançando e retorcendo camadas de chuva entre as bancadas e as enormes máquinas amarelas. A maioria dos homens desligou suas máquinas e se reuniu nos galpões de armazenamento para fumar e esperar. Mas Estevan era teimoso feito uma mula, e insistiu para que trabalhássemos debaixo da luz maluca das lâmpadas que balançavam acima de nossas cabeças.

"A tempestade fez os madeireiros saírem da floresta e voltarem para o acampamento. Meu pai veio até nós, seu poncho sujo de lama vermelha. Estava claramente satisfeito por ver seu filho ser um dos únicos ainda a trabalhar.

'Deus do céu', disse ele, levantando a voz para ser ouvido acima da fúria da chuva sobre o teto de plástico. 'Está terrível lá na floresta. Quase perdemos um trator, um dos grandes. Ele começou a deslizar e o motorista pulou. Eu faria o mesmo.'

"Estevan sugou os dentes e balançou a cabeça, concordando com meu pai, mas sem interromper o trabalho para bater papo.

'Todos os dias agradeço a Deus por meu filho não fazer esse tipo de trabalho. Você continua satisfeito com ele, Estevan? Acha que ele tem futuro?'

"O velho levantou a cabeça e olhou para mim. Mostrou todos os dentes de ouro.

'Este menino, o *Gato*? Ah, sim. Ele tem futuro, acho. Sem dúvida. Acho que ele vai ser bom um dia, o seu filho.'

"Olhei para o meu pai. Ele estava sorrindo, mas seus olhos confusos iam de Estevan para mim e vice-versa.

"Antes do fim do dia, a tempestade foi enfurecer-se em outro lugar. O sol voltou para queimar através do ar úmido, assando uma fina crosta sobre a lama ao nosso redor."

— No sábado, quando estávamos na fila para o pagamento, três veículos chegaram ao acampamento e estacionaram. Dois eram caminhões de três toneladas e com rodas altas que levavam homens sobre terreno difícil para locais distantes de desmatamento. 'Ônibus da lama' era como Estevan os chamava. Mas aqueles não eram do nosso acampamento, e os quarenta e tantos homens que saíram deles eram desconhecidos, embora muitos deles usassem as mesmas camisas verde-limão que nossos madeireiros. Estevan enviou um menino para que descobrisse quem eram. O menino voltou animado.

'Eles são de Río Salado, do acampamento lá perto', disse ele. 'Disseram que vieram para ver o jogo.'

"O terceiro veículo era um Mercedes-Benz quatro por quatro, grande e preto, com aqueles vidros escuros que impedem a visão do interior. As janelas brilhantes estavam todas empoeiradas. Ele estacionou um pouco mais distante dos ônibus da lama, e durante um minuto ninguém saiu de lá. Então a porta dos passageiros abriu e um homem saiu e se espreguiçou. Nem se ele tivesse vindo da lua pareceria mais fora de lugar. Tinha cabelos escuros, num corte caro, e um bigode cinzento. Seu paletó parecia ser feito de luz: era de um cinza claro com lampejos prateados quando ele se movia. Por baixo do paletó, ele usava um suéter preto de seda com gola rulê, e sua calça preta estava enfiada em botas de couro marrom que iam até as canelas. Parecia um turista rico que havia decidido ir para algum lugar sujo só para variar um pouco.

"Enquanto eu — e vários outros homens — observava essa criatura mágica, a porta de Hellman abriu de repente e o chefe desceu os rudes degraus. Ele foi rápido na direção do Mercedes e cumprimentou alegremente com um aperto de mão o elegante estranho; e, enquanto ele o cumprimentava, a porta do motorista abriu e uma mulher saiu. Uma mulher! Ali, naquele lugar! O lugar inteiro ficou em silêncio. Ela também estava vestida como se estivesse de férias, mas férias numa floresta de brinquedo. Estava vestida como se fosse uma daquelas atrizes da Hollywood de antigamente em um filme do Tarzan: roupa de safári justa, cor de café com leite, botas com cadarço, mochilinha pequena pendurada no ombro. Seu rosto estava meio escondido atrás dos grandes óculos escuros de lentes roxas e de uma nuvem de cabelos loiro-avermelhados. Ela contornou cuidadosamente a frente do carro e também cumprimentou Hellman com um aperto de mão. Então Hellman conduziu seus convidados até o escritório, afastou-se para que entrassem antes dele, entrou também e fechou a porta.

"O acampamento explodiu em barulho. Homens desistiam de seus lugares na fila de pagamento para cumprimentar, insultar ou fazer brincadeiras com os madeireiros de Río Salado. Todos tinham algum comentário a fazer sobre os misteriosos convidados de Hellman. O Homem do Pagamento gritava loucamente, tentando trazer os homens de volta à fila. Algo estranho estava acontecendo, e eu tinha a preocupante sensação de que aquilo tinha a ver comigo. Mas talvez não. Afinal de contas, Hellman passou reto por mim com seus dois visitantes, nem mesmo olhou na minha direção. Tentei ficar com a cabeça tranquila — havia uma partida em que eu deveria participar, eu tinha um gol a proteger, um fantasma a impressionar. Fui até a janela do Homem do Pagamento, peguei meu dinheiro, achei o meu pai e entreguei o dinheiro a ele. E então acompanhamos a torcida, que se dirigia ao campo de futebol.

"Os times se aqueceram. Ficamos aguardando Hellman por mais tempo do que o normal, mas ele finalmente apareceu. Os glamorosos visitantes estavam com ele e Hellman trazia um tapete enrolado. Perto do pé do barranco que desembocava no grosseiro campo de futebol, ele parou e fez toda uma fileira de homens se apertar para dar espaço ao tapete, fazendo um gesto educado para o casal do Mercedes. Eles se sentaram e olharam em volta, atentos. Hellman entrou decidido em campo, apitou, levantou o braço direito. Os times assumiram posição. As bolas do aquecimento foram chutadas para fora.

"E foi aí que a confusão começou. Augustino era o capitão do nosso lado naquela tarde e estava no meio de campo, com o pé sobre a bola, esperando Hellman apitar o começo da partida. Mas antes que isso pudesse acontecer, Hellman se distraiu com algum problema na torcida. Os homens de Río Salado tinham sentado todos juntos, é claro; mas agora os nossos torcedores, os homens do acampamento, estavam berrando e gritando com eles, fazendo gestos ensandecidos na direção do campo. Os homens de Río Salado estavam rindo, retribuindo com gestos que diziam 'senta aí'. Os torcedores dos Madeireiros faziam a mesma coisa. Algumas latas de bebida foram jogadas. Hellman correu até a parte confusa da torcida. Ao mesmo tempo, alguns dos nossos jogadores se reuniram perto de Augustino.

"A essa altura, eu já tinha saído do gol para ficar perto de um dos meus zagueiros.

'O que está acontecendo?'

'Não sei', ele respondeu. 'Algo a ver com aquele cara ali. Está vendo? O cara branco, no círculo central?'

"Eu o vi. Ele tinha a pele e os cabelos claros. Parecia europeu. Alemão, talvez, e velho para um jogador. Devia ter pelo menos uns trinta anos. Provavelmente sabia que toda aquela confusão, a demora, era por causa dele; mas parecia não estar muito preocupado. Correu no mesmo lugar, alongou-se, tocou o pé esquerdo e depois o direito. E, durante todo esse tempo, não tirava os olhos de mim.

"Coloquei a mão sobre o ombro do meu zagueiro.

'Me faz um favor? Vai até lá e descobre o que está acontecendo', pedi.

"Fiquei olhando enquanto ele corria pelo campo e se perdia em meio à massa de jogadores dos dois lados que agora cercavam Hellman. Depois de trinta segundos, Hellman apitou furiosamente, e a maçaroca de corpos ao seu redor relutantemente se desfez. Agora eu podia ver Hellman; ele estava fazendo gestos com os dois braços para os dois times: acalmem-se, vamos jogar, calem a boca. Olhei para onde estavam os dois elegantes desconhecidos, sentados em seu tapete. Eles pareciam completamente relaxados em relação ao que estava acontecendo, como se fosse exatamente o que esperavam. A mulher escrevia num pequeno caderno. O homem tinha tirado seu paletó brilhante, dobrado com cuidado e colocado ao lado do corpo. Ele também me observava atentamente.

O zagueiro retornou.

'E aí?'

'Aquele cara branquelo, a confusão é por causa dele. Ele é do acampamento de Río Salado. Foram os Madeireiros que trouxeram ele. Augustino e os outros estão reclamando muito porque ele não é daqui. Hellman diz que não importa, que ele é madeireiro, e que um madeireiro é igual a outro.'

'Mas quem é ele?', perguntei, observando o estranho jogador enquanto ele me observava.

Meu zagueiro encolheu os ombros.

'Eles o chamam de *El Ladrón*. O Ladrão.'

EL GATO OLHOU para Faustino.

— Esse nome te diz alguma coisa? *El Ladrón*?

Paul Faustino colocou as mãos na nuca e ficou olhando para o teto. Ele gostava desse tipo de coisa, testar conhecimentos inúteis. Era viciado em programas de TV de perguntas e respostas.

— Deixa eu ver... Sei de três jogadores chamados '*Ladrón*'. Um deles era espanhol. Jogava no Real, acho. E tinha um chamado Roberto Alguma Coisa, um mexicano.

— São dois. Você disse que sabia de três — retrucou *El Gato*.

— Sim. O outro veio da Suécia, originalmente. Ou os pais dele vieram — disse Faustino, batendo em seguida a ponta do dedo indicador rapidamente contra a lateral da cabeça, como se pudesse chacoalhar a memória lá dentro. E podia, pelo jeito, porque estalou os dedos e continuou:

— Larsson. Era isso. Ele jogou aqui anos atrás, no Sporting Club. Um centroavante mais tradicional, no entanto. Marcava vários gols. Mas eu nunca o vi jogar. Ele estava sendo cotado para a seleção, se me recordo bem. E aí algo aconteceu e ele sumiu de cena. Alguma lesão, foi?

— Não dele próprio, Paul —, respondeu *Gato*. — Ele quase matou um goleiro num jogo da Copa Libertadores. Depois disso, perdeu a cabeça e ninguém queria nada com ele. Foi transferido para algum clube da Liga Júnior, no Norte.

— E era o Larsson, esse jogador misterioso no acampamento? Que diabos ele estava fazendo lá?

Gato sorriu.

— Aparentemente, ele tinha desistido do futebol profissional e foi trabalhar na empresa madeireira onde seu pai trabalhava. Acabou indo para o acampamento de Río Salado. Era a estrela do time deles. E nossos madeireiros tinham o levado para lá para lidar comigo, para me tirar da partida. Era o que todos achávamos, pelo menos. Era por isso que estavam todos doidos. E foi por isso que Augustino correu vinte metros até mim e apontou para seus próprios olhos com uma mão e para Larsson com a outra. Ele estava dizendo: 'Fica de olho naquele cara; ele vai atrás de você'.

"Mas, se a plateia esperava fogos de artifício, não foi isso que ela conseguiu. Não a princípio. No primeiro tempo, nossos atacantes pareciam hipnotizados, sendo eternamente empurrados para o nosso campo. Esperavam que a batalha fosse travada entre *El Ladrón* e eu, e se comportavam como espectadores. Augustino estava louco com eles — toda vez que conseguia a bola, tinha que ficar demorando com ela no pé para esperar por algum apoio.

E finalmente os Madeireiros conseguiram dominar a partida. Tive que dar ainda mais duro do que nos jogos anteriores. E, sim, Larsson dificultou muito a minha vida. Ele era um daqueles jogadores de tiro curto, sabe? Muito rápido nas pequenas distâncias — dez, quinze metros. E ele nunca parecia estar mais longe de mim do que isso. Merecia o apelido que tinha — estava ali para criar confusão e roubar os gols em qualquer oportunidade. E ele nunca evitava os carrinhos. De alguma maneira, ele os atravessava, como se estivesse ele dando o carrinho, e não sofrendo a falta. Estava sempre em cima de mim, sempre entre mim e a bola, de tal maneira que eu precisava contorná-lo ou passar por cima dele. Se eu apanhasse uma bola baixa, erguia os olhos e via os pés dele perto do meu rosto. Quando o escanteio era para o time dos Madeireiros, Larsson não procurava um espaço para receber a bola. Em vez disso, aparecia perto, entre os meus zagueiros, atrapalhando a marcação e a concentração deles. Ele constantemente recebia empurrões, puxões, trombadas, mas nunca caía e nunca revidava. Era como se nem percebesse. Estava ali para me atrapalhar, para me deixar nervoso, e nada mais importava para ele. Era o primeiro profissional que eu enfrentava como adversário, e tive dificuldades para lidar com ele.

"Então precisei defender o gol de maneira diferente. Com todas aquelas jogadas no meu campo, sob ataque o tempo todo, não fazia sentido tentar interpretar o jogo ou puxar contra-ataques. Tive de fazer várias defesas insanas por puro reflexo dos chutes à queima-roupa de Larsson, e muitas vezes tive de me atirar e espalmar a bola. A impressão era de que eu estava no chão durante grande parte dos quarenta e cinco minutos. Quando não estava, me contorcia no gol feito uma aranha quando a chuva agita a teia. E, além disso, eu estava com medo. A expectativa da torcida e dos jogadores tinha me alcançado: eu aguardava o momento em que *El Ladrón* fosse me machucar.

"E, de fato, ele estava de pé perto de mim quando Hellman apitou o fim do primeiro tempo, e eu estava no chão, abraçando a bola, tentando ficar o menor possível. E então Larsson puxou o meu braço para me ajudar a ficar de pé e eu me vi cara a cara com ele. Para minha surpresa, ele piscou para mim, depois se virou e saiu correndo para se juntar ao resto do time no centro do campo. E eu percebi uma coisa: Larsson não havia desperdiçado nenhuma bola. Ele ficou na minha cara o tempo todo, mas não tinha feito falta alguma contra mim. O que estava acontecendo? Será que ele estava só esperando o momento certo? Será que tinha recebido instruções para me derrubar no segundo tempo? O que será que aquela piscadela queria dizer?

'Você não fez nada para me preparar para isso', eu disse em voz alta. Se eu esperava uma resposta do Goleiro, não obtive nenhuma.

"Augustino esquentou as orelhas do time no intervalo e nós jogamos com muito mais garra no segundo tempo. Larsson não viu muito a bola nos primeiros quinze minutos, mais ou menos, mas sempre me fazia correr, enfrentava os zagueiros, buscando a bola, correndo até mim. Ele tinha muita energia para um cara mais velho. E então Hellman marcou uma falta para os Madeireiros, um pouco fora da área, uns vinte metros bem à minha direita. Gritei com meus zagueiros e consegui armar a barreira no lugar certo. Mas eles não ficaram tão compactos, e eu vi, sem poder fazer nada, quando Larsson conseguiu penetrar aquela parede humana. O zagueiro no fim da barreira foi empurrado para o lado, bloqueando minha visão do atacante no momento em que ele ia dar o chute. Meu melhor palpite era de que, quando a bola passasse pela barreira, viria em direção ao ângulo esquerdo, e me lancei de lado no ar. Eu adivinhei, mas um dos meus jogadores fez uma tentativa heroica de cabecear a bola. Ela bateu na lateral do seu rosto e saiu da rota, indo em direção à minha direita. Era de fato o meu fim, mas, de alguma maneira, eu consegui pairar no ar por tempo suficiente para jogar o braço direito e bater com a mão na bola, para lançá-la para além da trave com um movimento desesperado. Caí com tudo na terra dura, sem saber se o urro que ouvia vinha da torcida ou de dentro da minha cabeça. Alguém me ajudou a levantar. Era Larsson. Ele ficou me olhando de perto, sorrindo de leve, e inclinou a cabeça pálida de lado, como se perguntando se eu estava bem. E aquele gesto mudou o modo como eu me sentia em relação a ele. Ele não estava ali para me machucar; ele não era um assassino contratado pelo outro time. Ele era um cara legal.

"Fui vítima de uma trapaça. Aquele gesto de alguém que se importava comigo era só uma tática para me fazer baixar a guarda, e durante os últimos vinte minutos do jogo, *El Ladrón* me incomodou, me empurrando, agarrando minha camisa, se apoiando em mim; e seu rosto era impassível feito uma parede caiada de branco. Perdi o rumo do jogo; eu me concentrava nele, e só nele: onde ele estava, o que ia fazer em seguida. Também comecei a perder o controle do gol, porque tudo o que eu conseguia fazer era me concentrar em Larsson, em como evitá-lo, em como derrotá-lo.

"Um cruzamento veio da esquerda e seria fácil de cortá-lo. Mas Larsson pisou no meu pé assim que eu comecei a ir em direção à bola, e eu caí de cara no chão. Hellman não marcou falta. A bola saiu de campo, voando inofensivamente. Fiquei de pé e foi como se um pavio estourasse dentro da minha cabeça. Gritei com Hellman, mas ele simplesmente correu de costas pelo campo, sinalizando para que eu ficasse quieto e batesse o tiro de meta. Virei para Larsson, olhando diretamente para o ponto onde ele estava, no canto da área. Eu estava com os punhos cerrados, e era como se uma névoa vermelha pairasse sobre tudo, exceto seu rosto imóvel, sem expressão, pronto para receber um soco.

"Foi então que o Goleiro falou comigo. Uma voz clara e calma que vinha de algum ponto atrás de mim falou bem dentro da minha cabeça. Não me lembro das palavras. Talvez ele não tenha usado palavras. Mas sua voz e sua presença apagaram o fogo de dentro de mim e dispersaram a névoa que ocultava a minha visão. Era como se um sangue mais fresco percorresse minhas veias.

"Eu parei e virei. Tinha certeza de que o veria ali atrás da rede, com o rosto oculto pelas sombras, de braços cruzados, invisível. Mas tudo o que vi foi um madeireiro que sorria, que tinha saído da torcida para posicionar a bola para o tiro de meta. Agora a torcida fazia um barulho enorme, um ruído que parecia uma onda ameaçando quebrar sobre mim e me esmagar. Andei de volta para o gol e me apoiei na trave durante alguns instantes, acalmando minha respiração. A raiva que eu tinha sentido tornou-se algo pequeno, quente, vermelho; algo que eu podia arrancar e jogar fora. Corri para a bola e direcionei-a para longe no campo: um chute bem comprido, que levou com ele minha fúria. Senti uma frieza e uma calma incríveis tomarem conta de mim. Eu tinha vencido. Tinha recuperado o controle. Larsson não tinha como me incomodar.

"Mas ele o fez. Ele me incomodou, chegou até mim, passou por mim, e isso nos últimos minutos do jogo. Depois que ele me derrubou, ficou fora da minha área, mal se preocupando em correr, nem tentando se livrar dos marcadores. Ele me pareceu cansado, e uma ou duas vezes ficou inclinado com as mãos apoiadas nos joelhos, como se estivesse com falta de ar. De repente ele se afastou do meio para a ponta direita dos Madeireiros, como se declarasse que não tinha mais nada a acrescentar ao jogo. Então eu relaxei, e isso foi estúpido da minha parte. Quando um dos Madeireiros se lançou num cruzamento destrambelhado vindo da ponta esquerda, um cruzamento que voou sobre a cabeça dos atacantes e pingou na direção dos meus braços, andei despreocupadamente na direção da bola, à sua espera. E foi aí que Larsson, o Ladrão, saiu do nada e provou por que tinha esse nome. Ele chegou muito rápido, vindo da esquerda, passou pelo meu surpreso zagueiro, que ficou só observando a bola, pulou na trajetória dela com os braços altos no ar, dominou-a no peito e chutou no canto direito baixo do meu gol. Um gol digno do grande Diego Maradona — um gol saído do nada. Coloquei as mãos no rosto; depois, quando os urros tomaram conta de tudo como um oceano, coloquei-as sobre as orelhas.

"No caminho para casa, meu pai ficou com o braço ao redor do meu pescoço. Ele e os outros homens ficaram conversando longamente sobre a grande defesa que eu tinha feito naquele chute desviado. Mas aquilo não significava muito para mim. Eu tinha sentido o sabor da derrota pela primeira vez, e ele era bem amargo."

— MAIS TARDE, EU estava com meu pai e minha irmã na mesa de fora, em frente à minha casa, enquanto minha mãe e minha avó faziam o jantar de sábado. O cheiro de galinha cozida com pimenta doce e *chilli* tomava conta do fim da tarde. Minha irmã estava fazendo penteados ridículos em sua boneca; meu pai lia o jornal e bebia cerveja. Eu jogava novamente a partida da tarde dentro da minha cabeça, enquanto observava a lua cheia e gorda pairar acima das árvores. Da floresta, as rãs chamavam, coaxando feito milhares de telefones distantes. Todos nós levantamos o olhar quando ouvimos o som de um carro; não era comum trânsito na estrada àquela hora. Vimos as luzes quando passaram pelo fim da estradinha que levava à nossa casa; e então as luzes dos freios acenderam e o motor fez uma pausa. Ouvimos o veículo dar marcha à ré e virar. A árvore e a lateral da nossa casa ficaram banhadas pela luz durante alguns instantes e depois voltaram a ficar na escuridão. O barulho dos pneus no cascalho. As portas batendo.

"Meu pai se levantou e deu a volta na casa para investigar. Ele reapareceu quase no mesmo instante. Segurava as mãos diante de si, e elas faziam gestos desesperados de 'levantem!'. Seus olhos viravam para lá e para cá feito os de um pônei assustado. Era como se ele tivesse virado algum tipo de louco só de dar a volta na casa. Eu me levantei e fiquei surpreso ao ver que a próxima pessoa a aparecer era a mulher estrela de cinema, agora usando uma brilhante jaqueta de couro sobre sua roupa de safári. Depois, o homem elegante de bigode. E depois Hellman, trajando um jeans elegante e um suéter. Não reconheci a quarta pessoa de imediato. Parecia um monge, num moletom largo e cinzento com capuz. Mas quando ele veio para a luz, tirou o capuz do rosto, que era pálido, sorridente, de olhos cinzentos. Era Larsson. Eu fiquei ali parado, de boca aberta. Devo ter parecido o idiota da cidade.

"Meu pai entrou correndo em casa, o que foi estranho para mim, porque precisei me recompor e pedir aos visitantes que se sentassem. Minha irmã enfiou o dedo na boca e ficou olhando para aquelas pessoas que pareciam ter saído da televisão.

"Eu consegui dizer: 'Sejam bem-vindos à nossa casa, você e os seus convidados, *señor* Hellman'.

Hellman sorriu e disse: 'Obrigado, *Gato*'.

"Era a primeira vez que ele me chamava assim. Que diabos estaria acontecendo?

"Meu pai voltou carregando uma bandeja com quatro taças e uma garrafa do licor que a gente só bebia no Natal. Serviu um pouco nas taças e as entregou para os convidados. Mas a mulher glamorosa pediu água. Meu pai fez um gesto floreado de desculpas e voltou para dentro de casa. Outro silêncio embaraçoso. O homem de bigode tomou um gole do licor. Meu pai ressurgiu com um copo d'água e colocou-o na frente da mulher. E, enfim, se sentou. No mesmo instante, todos os quatro convidados se levantaram, porque minha mãe havia saído da casa. A situação toda estava ficando ridícula: a gente sentava e levantava, sentava e levantava, e ninguém falava nada. A minha mãe se sentou numa cadeira encostada na parede da casa. Os convidados se sentaram novamente e beberam, ou fingiram beber. Hellman disse '*Cheers!*', em inglês, depois virou para o meu pai e começou a falar em tom muito respeitoso. Começou apresentando seus acompanhantes.

'*Señor*, permita-me apresentar a *señora* da Silva. O marido dela é Gilberto da Silva, presidente do DSJ. Este senhor', continuou ele, fazendo um gesto na direção do homem de bigode, 'é Milton Acuna. Ele é diretor de futebol do DSJ.'

"Eu sabia o que era — todos os meninos da cidadezinha sabiam — o DSJ. Deportivo San Juan. Havia fotos do time grudadas sobre as paredes inteiras do bar. Tínhamos urrado de felicidade nas vitórias, uivado de tristeza nas derrotas. Era o nosso time. San Juan ficava só a quinhentos quilômetros dali. E agora que ela estava sentada à minha frente, sem os óculos de sol enormes, eu reconheci Flora da Silva. Seu marido era dono do DSJ, mas ele o havia comprado com o dinheiro dela, e ela era quem mandava. Quando o DSJ aparecia na TV, era sempre nela que as câmeras paravam, sentada no camarote dos diretores. Eu estava hipnotizado.

— Uma mulher bonita —, disse Faustino, sorrindo. — Eu mesmo já me peguei hipnotizado por ela algumas vezes.

El Gato também sorriu.

— Aposto que sim. Mas não foi ela que me fez ficar ali sentado e embasbacado. Era o grande Milton Acuna. Havia muitas fotos apagadas dele na parede do bar: um rapaz de cabelos compridos e ar perigoso, parecendo mais uma estrela do rock americano do que um jogador. Um dos melhores atacantes da nossa seleção: cinquenta e oito gols em setenta e sete partidas, vinte anos antes. Tinham dado o nome dele a uma loção pós-barba e uma marca de roupas. E lá estava ele, na nossa mesa, observando a expressão no meu rosto enquanto eu tentava entender o que estava acontecendo, e fracassando de forma retumbante.

"Então Hellman olhou para mim e abriu a mão, fazendo um gesto na direção de Larsson. 'Este aqui você já conhece. Hoje eles o chamaram de *El Ladrón*, e ele roubou mesmo um gol de você. Os Madeireiros não pediram para ele jogar; fui eu que pedi. Ele jogou como um favor para mim. Eu pedi a ele para descobrir se podia fazer você estourar.'

"Larsson esticou os braços sobre a mesa, colocou as duas mãos sobre uma mão minha e me cumprimentou. Olhou dentro dos meus olhos com seus pálidos olhos europeus e disse: 'O meu amigo aqui me pediu para te colocar numa montanha-russa, fazer você se sentir bem, depois mal, depois bem de novo. Fiquei impressionado com o quanto você se manteve calmo. Além disso, você fez duas defesas impossíveis. Pensei que tinha conseguido deixar você nervoso, mais para o fim do jogo, quando fiz uma falta desleal, mas de alguma maneira você conseguiu se recompor. Talvez você seja o melhor goleiro contra o qual já joguei. Você sabe por que estamos aqui, não sabe?'.

"A *señora* da Silva falou, dirigindo-se ao meu pai: 'Queremos contratar o seu filho, *señor*. O *señor* Hellman ligou para o Milton e disse que havia alguém especial que ele deveria vir ver. Nós viemos. Foi uma longa viagem, mas valeu a pena. Ele é um goleiro, o seu filho. Estou com o contrato na minha bolsa. Também estou com meu talão de cheques. Se o senhor assinar o contrato em nome do seu filho, farei um cheque no valor de dez mil dólares.

O cheque será no seu nome, é claro. O seu filho não pode assinar nenhum acordo legal até ter dezoito anos de idade, como imagino que o senhor saiba'.

"Ela tirou os papéis de sua bolsa cara e colocou-os sobre nossa mesa humilde. 'O contrato tem validade de dois anos. Se ele se mostrar inadequado, o contrato termina no fim desses dois anos. Mas nós pagaremos a ele um salário de trezentos dólares por semana contanto que ele continue a ser um membro do DSJ. Além disso, é claro, pagamos bônus bem grandes caso ele jogue no primeiro time ou no time B. Os termos do contrato nos permitem vendê-lo dentro desse período. Dez por cento do lucro que obtivermos com essa venda irá para uma conta que o senhor especificar. O senhor tem alguma pergunta?'

"O silêncio que se seguiu a esse discurso foi intenso. Era como se até o coro das rãs tivesse parado. Como você pode imaginar, eu simplesmente não conseguia acreditar no que tinha ouvido. Estava em choque. E então, à medida que caía a ficha sobre o que a *señora* havia dito, comecei a ser tomado por uma felicidade, uma alegria absurda. O Goleiro tinha conseguido, eu pensei. Ele havia me resgatado. Ele que fez aquilo acontecer.

"Não ousei olhar para o rosto de meu pai. Estava com medo do que poderia ver. E então alguém falou, e eu levei alguns instantes para perceber que era minha mãe. 'Perdão, *señora*, mas você fala do meu filho como se ele fosse uma coisa, uma coisa que você compra no mercado. Não é assim. O meu marido me disse que o meu filho é um gênio no futebol. Eu não sei de nada disso. Na verdade, acho até difícil de acreditar. O meu filho não joga como os outros meninos. E ele não vai ficar trabalhando no acampamento dos madeireiros para sempre. Ele quer ser um cientista, talvez um biólogo, e a gente quer ajudá-lo. Ele adora a floresta e já sabe muito sobre ela. Espero que você me perdoe, *señora*, mas, que eu saiba, essa coisa de futebol aí da senhora não tem nada a ver com a gente.'

"Era como se a *señora* da Silva tivesse ouvido uma estátua falar. Ela ficou olhando sem entender para minha mãe durante vários segundos. Os músculos ao redor de sua boca crisparam-se, e aí ela se virou para Hellman. A pergunta estampada em seu rosto não precisava ser pronunciada.

"Hellman pareceu meio sem graça. E disse: 'O rapaz passa muito tempo na floresta aqui perto, *señora*. Pelo menos foi isso que o pai dele me disse. Não sei explicar como isso fez dele um grande goleiro. Como eu disse pelo telefone, tem coisas acontecendo aqui que eu não entendo'.

"A *señora* da Silva balançou a cabeça como se estivesse cercada de moscas que a irritassem. Ela falou com meu pai, não com minha mãe. 'Estou um pouco confusa', disse ela. 'O *señor* Hellman nos disse que um menino que havia surgido do nada nasceu para ser goleiro, e agora me dizem que ele vai ser um biólogo.'

"E agora, finalmente, meu pai falava algo.

'Por favor, desculpe minha mulher, *señora*. Ela tem ambições para o nosso filho. Que ele vá para a faculdade. Eu mesmo não sei. Daqui um ou dois anos, quem sabe...', ele disse, a voz sumindo. Talvez estivesse sentindo o olhar de minha mãe queimando sua nuca. Mas tentou continuar: 'Mas o meu filho parece ter futuro como mecânico. Isso é verdade, não é, *señor* Hellman? Ser mecânico é uma boa profissão, *señora*. Um emprego de verdade. Essa coisa de futebol é... é... E ficou sem palavras.

"A *señora* da Silva estava claramente irritada. 'Para ser franca, o meu marido não tem particularmente interesse em engenheiros ou biólogos. Nem eu. Eu não fiz essa longa viagem de carro com o *señor* Acuna só para conhecer alguém que pode consertar o meu carro ou me falar dos hábitos de acasalamento dos lagartos.'

"Outro silêncio. Bem desconfortável. Fiquei olhando para a mesa, sem falar nada.

"A *señora* da Silva recostou-se na cadeira e ficou batendo uma unha pintada sobre os papéis à sua frente. 'É uma questão de dinheiro? Os termos são bastante generosos, considerando-se que o seu filho tem só quinze anos', disse ela, e encolheu os ombros. 'Mas podemos negociar.'

"Meu pai ficou desalentado por alguém sugerir que ele estaria se fazendo de difícil. 'Não, não, *señora*', disse ele às pressas. 'Não é uma questão de dinheiro. O dinheiro é... bem...' E a voz dele sumiu de novo.

"A *señora* da Silva olhou de lado para Hellman. Ele deve ter dito a ela qual era o salário do meu pai, é claro. Ela teria calculado quantos anos ele levaria para economizar mil dólares.

"Em seguida, Milton Acuna falou pela primeira vez.

'*Señor*', disse ele, bem calmo. 'Tudo isso deve ser muito *desconcertante* para o senhor, não tenho dúvida. Talvez você e sua esposa prefiram conversar um pouco sobre o assunto a sós.'

"A *señora* da Silva lançou-lhe um olhar raivoso. Acuna colocou a mão no pulso dela para acalmá-la. Meu pai se virou para olhar para minha mãe. Ela fez que sim. Meu pai levantou.

'Boa ideia', disse ele. 'Então, se vocês nos derem licença, a gente vai entrar. Vocês estão bem aqui?'

'Sim, tudo bem', disse Acuna, também ficando de pé. Os meus pais viraram-se para entrar na casa. Acuna interrompeu: 'Desculpe, *señora*, mas acabo de pensar numa coisa.'

"Era chocante o fato de ele se dirigir diretamente à minha mãe. Era terrivelmente desrespeitoso com meu pai. Mas Acuna falava com tanta polidez que essa não parecia a intenção. Mesmo assim, fiz uma leve careta de dor.

'A *señora* talvez tenha razão. Talvez o seu filho não seja goleiro. Talvez ele pareça um agora, mas quem pode dizer o que vai acontecer daqui a dois anos? O futebol profissional não é uma vida fácil, por mais que a televisão mostre o contrário. O DSJ contrata uns vinte jovens todo ano. A maioria deles não fica nessa vida. Daqui a dois anos, talvez o seu filho volte para cá com a certeza de que o futebol não é o futuro dele. Mas mesmo assim a *señora* terá dez mil dólares. E imagino que já deve ter calculado o quanto custa mandar o seu filho para a faculdade.'

"Levantei a cabeça e olhei para os meus pais. Ficou óbvio para mim que as palavras de Acuna tinham causado uma forte impressão na minha mãe. O jeito com que ela simplesmente concordou, olhando direto para ele, em vez de virar e entrar em casa. E, além disso, um homem famoso e bonito tinha falado com ela, apelado a ela, de maneira clara e respeitosa. Não era algo que acontecia todo dia. Em contrapartida, meu pai parecia perdido, aturdido. Parecia um general cujas tropas tinham desertado, deixando-o enfrentar o inimigo sozinho. Era doloroso olhar no rosto dele. Minha mãe baixou a cabeça e entrou. Meu pai foi atrás.

"A *señora* da Silva bebeu um pouco d'água. Depois olhou diretamente para mim pela primeira vez. Deu um sorriso, talvez um sorriso que ensaiasse na frente do espelho. Era um ótimo sorriso.

'Para um jovem tão talentoso e versátil, você é bem calado', disse ela. 'Mas, claro, isto deve ser difícil para você. Eu entendo.

Parece que os seus pais têm ambições diferentes para você. Mesmo assim, gostaria de saber a sua opinião.'

"Minha opinião? Eu achava que o mundo de repente havia ficado enorme. Achava que minha vida estava indo pelos ares. Achava que era o Goleiro quem explicava as coisas, não eu. E, mesmo assim, eu tinha algo a dizer.

'Eu me sinto muito honrado que a *señora* tenha feito essa longa viagem para me ver jogar.'

"Uma resposta patética.

"Ela fez um som de desprezo — *tchhh!* — e recostou-se, batendo com as unhas na mesa. Depois inclinou para a frente e disse: 'O que você é? Você é um cientista, algum especialista nessa tal floresta sua? É um engenheiro? Ou é um goleiro? Vamos, os seus pais estão lá dentro. Pode falar'.

"Olhei para a mesa e fiquei concentrado numa formiga que lutava com uma gota de licor. Era difícil dizer se a formiga estava tentando levar o líquido açucarado ou escapar da substância doce e pegajosa que havia prendido suas patas.

"Então Larsson esticou a mão sobre a mesa e deu um peteleco na formiga. 'Você não está sem saída, meu amigo. Você sabe a resposta para essa pergunta. E só há uma resposta.'

'Acho que eu sou um goleiro', eu disse.

"A *señora* da Silva ergueu suas sobrancelhas esculpidas. 'Acha? Só *acha*?', perguntou ela.

'Eu sou um goleiro', eu disse. 'Não tenho escolha.'

'Não', disse Acuna. 'Eu vi você jogar hoje, e vou dizer que acho que você está certo. Você não tem escolha. Você é um goleiro, pelo menos por enquanto. É difícil imaginar que você possa ser melhor em alguma outra coisa.'

"Meus pais saíram da casa. Minha mãe se sentou novamente contra a parede. Meu pai ficou sentado na cadeira em frente à *señora* da Silva. Estava com um semblante muito preocupado. Ele levou alguns segundos para conseguir falar.

'*Señora*... Minha mulher e eu discutimos sobre tudo que foi dito. A minha opinião é que a gente deve assinar esse seu papel aí. Ela não quer que o nosso filho seja jogador de futebol, quero que a senhora entenda isso. A senhora já sabe o que ela quer para ele. Mas, sim, tudo tem a ver com dinheiro. Tudo sempre tem.'

"A *señora* da Silva ficou olhando para o meu pai, séria, anuindo com a cabeça de leve, como se ela também não gostasse daquela simples verdade. E então ela tirou uma esguia caneta prateada do bolso interno de sua jaqueta de couro e a colocou junto com o contrato na frente do meu pai. Em vez de pegar a caneta, meu pai colocou os cotovelos sobre a mesa e passou os dedos sobre os cabelos ondulados que rareavam.

'Desculpe', disse ele. 'Isso é muito difícil para mim. Meu filho tem um bom emprego. Ele é bom lá na oficina. É o que Estevan e os outros dizem. O que é futebol, comparado com isso? Sim, ele pode ficar no gol aos sábados. Mas ele é meu único filho. Como posso dizer que está tudo bem levá-lo para San Juan, tirá-lo da gente? A gente não tem telefone, nada. Não sei como seria ficar sem ele aqui. Não consigo imaginar. Quando a gente o veria? E em San Juan, quem vai cuidar dele, protegê-lo? Me desculpe, *señor*, *señora*. Isso é tão... uma surpresa tão grande. Não posso assinar nada aqui, agora. Preciso de tempo para pensar.'

"Meus sentimentos naquele instante eram bem complicados. Eu sentia orgulho do meu pai. Ele estava sozinho naquela situação em que todos, exceto ele, queriam a mesma coisa. A coragem não era uma coisa fácil para ele. Mas ele estava enfrentando tudo de pé — na verdade, sentado —, sozinho. E falava, talvez pela primeira vez, sobre o quanto me amava, sobre o quanto queria que eu ficasse perto dele. E, mesmo assim, por dentro, eu estava impaciente. Eu queria, desesperadamente, que ele calasse a boca e assinasse o contrato. A porta para a minha vida verdadeira estava aberta e meu pai estava barrando a entrada. Eu o amava e o odiava ao mesmo tempo.

"Então houve esse xeque-mate, outro silêncio doloroso. Ele foi rompido por um alegre ruído de batida, uma bengala batendo contra a parede da casa. Tio Feliciano surgiu, entrando na luz e piscando feito uma coruja aturdida. A *señora* da Silva ficou encurvada na cadeira, pensando, imagino, que chegava mais um membro daquela família idiota que mora na selva para dificultar a sua vida.

Tio Feliciano chegou perto da mesa. E parecia ver só uma pessoa, a quem se dirigiu.

'Milton Acuna!', disse ele. 'Você era um jogador e tanto. Que bom que você cortou o cabelo. Você vivia parecendo um bandido, ou pior, um *hippie*. Aquele gol que você marcou contra a Argentina em 68 foi o melhor que já vi. Você bailou ao redor de três zagueiros e ninguém nunca conseguiu explicar como você manteve a bola nos pés. E aí aquele gol. Espero que o filho da minha irmã tenha recebido bem você aqui nesta casa.'

'Quatro. Eram quatro zagueiros', respondeu Acuna.

"Tio Feliciano deu uns passinhos de lado até minha cadeira, como se fosse um caranguejo, e me cutucou para que eu saísse dela. Eu saí e fiquei encostado na parede. Ele fez do ato de se sentar um grande espetáculo. Ainda parecia não estar prestando atenção em ninguém além de Acuna.

'Sim, foram quatro. Desculpe, memória de velho. Mas o gol foi lindo, e eu acho que você deu o chute com o pé esquerdo, embora seja destro. É isso mesmo?'

"Acuna poderia ter sorrido, apreciando o elogio, mas não sorriu. Em vez disso, ficou olhando para o tio Feliciano feito um suspeito sendo interrogado por um policial arguto. Não disse nada. O tio serviu-se da taça de licor que a *señora* da Silva havia recusado.

'É um grande prazer conhecê-lo, *señor* Acuna', disse ele. 'A não ser que meu velho cérebro esteja me pregando uma peça, o goleiro da Argentina era o Pérez, não era?'

"Acuna fez que sim.

'Um grande goleiro, mas você o enganou. Eu já assisti àquele gol, ah, umas cinquenta vezes na televisão. Hoje em dia ele é usado em um comercial. Eles usam o seu gol pra vender cueca, sabia, *señor* Acuna?'

"Algo semelhante a um sorriso agora se estampava no rosto de Acuna.

'E o Pérez devia ter conseguido defender a bola', continuou meu tio. 'Em vez disso, ele foi para a direita, porque achava que você ia usar o pé direito para colocar a bola no canto direito. E você fez a bola passar por cima dele com o lado de fora do pé esquerdo. E dez minutos depois estava com o troféu da Copa América nas mãos.'

"Tio Feliciano ficou calado, mas continuou olhando para Acuna. E Acuna disse:

'Com todo o respeito, *señor*, mas o que o senhor quer com tudo isso?'

'Ah, sim, *señor* Acuna. Você viu esse menino jogar só uma vez. Mas me diga: acha que aquele chute teria derrotado esse menino? Ou será que ele teria conseguido adivinhar o que o senhor queria?'

"Acuna olhou para mim.

'Acho que ele teria defendido aquele chute', ele disse.

"Tio Feliciano levantou a bengala e bateu com ela sobre o contrato. A caneta da *señora* da Silva pulou. As taças de licor vibraram. Meu tio inclinou-se, encarando meu pai, e disse: 'Assine logo essa porcaria. Dê ao menino a vida que é dele. Ele já está pronto'."

— EU CONHECIA CADA pedacinho do caminho, é claro, e todos os seus macetes — onde ele ficava mais escondido, fingindo sumir, os lugares onde a floresta esticava seus dedos para bater nos meus olhos, onde as raízes saíam do chão feito cobras para tentar me derrubar. Mas eu nunca tinha ido até lá à noite, e eu nunca havia corrido de maneira tão desesperada na direção da clareira. Havia aqui e ali pontos de luz prateada no chão da floresta como se fossem moedas, e de vez em quando eu conseguia vislumbrar a face redonda da lua deslizando por entre a copa dos galhos que pairavam bem acima de mim.

"Eu estava tremendo e molhado de suor quando entrei trôpego na clareira. Coloquei as mãos nos joelhos e puxei o ar, sempre mais denso e limpo ali, para dentro dos meus pulmões. A clareira estava banhada de luz fria. A lua tinha parado lá em cima. Tudo se dividia em apenas duas cores: prateado brilhante e um preto-azulado profundo. O silêncio era algo sólido, algo em que era possível se apoiar, descansar e se recuperar de milagres.

"Eu não esperava que o Goleiro estivesse ali. O que quer que ele fosse, quem quer que ele fosse, ele parecia depender da luz do dia. Eu tinha quase certeza que ele não se materializava à noite. Quando minha respiração acalmou, fiquei de pé.

"Ele estava na frente do gol, com as costas apoiadas na trave direita, os braços cruzados, olhando para o chão. Nenhuma bola de futebol. Foi difícil, como sempre, andar até ele. Parei na marca do pênalti.

'Aconteceu, então', disse ele. Não era uma pergunta, então não respondi.

"Ele começou a andar. Tocou a trave mais próxima dele, foi até a outra, tocou-a também, voltou, tocou. Voltou. Eu esperei. Finalmente, ele me encarou.

'Por causa do que eu sou, quase esqueci como é sentir medo', disse ele. 'Eu deveria ter te ensinado mais sobre o medo.'

'Eu assinei um contrato com o DSJ', respondi. 'Por que você está falando de medo? Eu não estou com medo. Estou feliz. Por favor, não estrague este momento.'

"Ele olhou para mim. De dentro da sombra de seu rosto duas pequenas luzes brilhavam, como estrelas distantes no espaço mais profundo.

'Não, não é verdade', corrigi. 'Eu estou com medo. Estou com medo de não vir mais para cá. Não sei o que vou fazer sem você.'

"Senti raiva por perceber que eu estava com lágrimas nos olhos.

"O Goleiro sorriu. Sorriu de verdade, como uma pessoa viva. Pequenos músculos reorganizaram sua expressão. Mais uma coisa incrível que acontecia naquele dia incrível.

'O que aconteceu no jogo, hoje à tarde?'

"Lutei para responder à pergunta, e então dei a resposta mais simples: 'Eu fui derrotado.'

'Pelo quê?', exigiu o Goleiro. 'O que te deixou vulnerável? O que você estava fazendo quando te roubaram o gol?'

"Pensei e relembrei do jogo.

'Acho que perdi a concentração. Não estava com a cabeça no lugar. Estava reagindo a um jogador. Ele me disse hoje que a função dele era me deixar numa montanha-russa, e foi o que ele fez. Ele estava testando a minha raiva.'

"E então eu me lembrei. 'Obrigado por falar comigo naquela hora. Aquilo me ajudou.'

"Ele fez um pequeno movimento afirmativo com a cabeça.

'Além disso, eu deixei a torcida me afetar. Eles esperavam que alguma coisa acontecesse comigo, e eu deixei que isso me atingisse. E ela fez muito mais barulho hoje. E o barulho me desconcentrou. Umas duas vezes eu não sabia dizer se os urros que eu ouvia vinham de dentro de mim ou de fora. Não conseguia saber a diferença.'

"O Goleiro ficou olhando para o meu rosto durante alguns instantes. 'Sim', disse ele, bem baixinho. 'Como eu disse, não fui capaz de te mostrar tudo. Talvez eu não tenha tido tempo', continuou, e foi até a beira da clareira. 'Venha cá.'

"O Goleiro esticou a mão direita na frente do meu rosto, os dedos como se fossem as barras de uma jaula. Através deles eu podia ver a lua, que de alguma maneira agora estava mais próxima de nós, pairando num canto da clareira, olhando para nós com raiva, cruel e azul.

'Fique olhando. Não pisque.' Ele movimentou a mão lentamente, de um lado para o outro. A lua piscou, desapareceu, piscou novamente enquanto seus dedos passavam por ela. Tive a sensação de estar encolhendo, e também de flutuar. Sua voz agora estava distante, pequena, e extremamente clara: 'Siga a minha mão com os olhos. Não pisque'.

"Eu fui virando à medida que a mão dele se movimentava, fazendo um caminho pela clareira. A mão dele trazia a lua junto consigo. Não, não era exatamente isso. A mão dele trazia *outra* lua consigo, deixando a primeira no mesmo lugar. Era como se ele tivesse tirado um disco de luz de trás da outra lua. Sua mão levou esse disco de luz até o segundo canto da clareira e parou. Novamente, a voz clara e distante: 'Não pare de olhar. Continue seguindo'. Sua mão continuou e, de seus dedos abertos, uma terceira lua apareceu, saindo detrás da segunda; no canto final de clareira, sua mão parou novamente. Quando havia quatro luas, uma em cada canto, ele balançou a mão como se estivesse com câimbra, ou como se uma mosca tivesse pousado nela. E eu me senti voltar ao tamanho normal; meus pés estavam novamente firmes no gramado. A luz que agora inundava a clareira quase cegava. As quatro luas brilhando sobre nós faziam quatro sombras minhas no gramado, como se fossem os raios de uma roda e eu no centro. O Goleiro não tinha nenhuma sombra.

"Ele ficou de frente para a muralha da selva por alguns instantes. Depois, esticou o braço direito, virou, e começou a correr, mas devagar. As árvores pelas quais ele passava e às quais gesticulava com o braço esticado começaram a se mover. Lentamente, primeiro. Folhas e galhos prateados e sombras negras como tinta se inclinavam para ele enquanto ele passava, como se quisessem acompanhá-lo. O Goleiro percorreu a clareira duas vezes, e quando ele voltou para onde eu estava toda a floresta estava tomada pela tempestade que ele havia evocado. Ela sibilava feito um milhão de cobras, urrava como um milhão de macacos, ameaçava se desfazer em pedaços e sair girando na direção do céu. Mas a clareira mesmo continuava estranhamente imóvel. Era como se estivéssemos no olho de um furacão.

"Caí de joelhos. Tive vontade de me enterrar para escapar daquela enxurrada de luz e da fúria urrante da floresta. E então, como se fosse uma faca que cortasse tudo, a voz do Goleiro: 'Levante. Fique de pé. Vá até o gol'.

"Transtornado, trêmulo, eu fui. As traves e a rede antiga tinham um tom azul elétrico sob a luz forte das luas. Apertei os olhos para conseguir enxergar naquela tempestade e na luz, e vi o vulto incerto do Goleiro colocando a bola a seus pés. Ele se moveu, uma silhueta que brilhava, e a bola ficou maior, maior, e passou antes que eu pudesse me mover. Apesar da fúria da floresta, ouvi o sussurro da bola quando ela atingiu a rede atrás de mim. Tolamente virei para pegar a bola da rede e vi que ela havia sumido. Aturdido, virei para o Goleiro novamente — e mais uma vez ele estava com a bola a seus pés, e mais uma vez ele a chutou, e mais uma vez ela ficou maior e passou por mim. Fiquei ereto e o encarei.

'Qual é o seu problema?', ele perguntou através daquela barreira de barulho e movimento.

"Eu não conseguia falar. Não achava que ele conseguisse me ouvir.

"A bola novamente apareceu a seus pés. Ele veio correndo com ela na minha direção, seus pés tremulando. Fez que ia chutar, baixando o ombro direito, colocando o peso do corpo no pé direito.

'Diga para onde!', ele gritou.

"Consegui desgrudar a minha língua do céu da boca:
'Baixa, esquerda!', gritei, com voz rouca.

"A bola não veio para mim porque ele tinha colocado o pé sobre ela, parando-a por completo. Ele ficou de costas, levou a bola vários passos para trás e partiu para cima de mim novamente, indo um pouco pela esquerda. Apertei os olhos contra a luz forte e fiquei observando-o atentamente.

'Diga!'

'Baixa, esquerda de novo!'

"Eu pulei para fazer a defesa, mas mais uma vez ele parou a bola; e então virou no mesmo instante, mandou a bola de leve para a direita, um chute direto para o ângulo direito do meu gol. Duas luas me cegaram; eu precisei imaginar a rota da bola porque não conseguia enxergá-la. De alguma maneira, consegui lutar contra o ar em fúria e toquei na bola, fazendo-a passar por cima da trave. Ela desapareceu e voltou a surgir aos pés do Goleiro assim que eu fiquei de pé. Mas agora ele corria na minha direção, gingando para lá e para cá, esquivando-se de zagueiros imaginários ou fantasmagóricos, com uma rota muito imprevisível. Entendi que aquilo não era mais um treinamento. Ele estava tentando me derrotar. O barulho da torcida invisível que urrava da floresta foi diminuindo até quase sumir. Naquela luz ardente, eu só conseguia ver a bola e o mágico que a controlava. Ele foi para a minha direita, parou a bola e a puxou para si, virou novamente, e então correu na minha direção, erguendo a bola de leve: ele ia fazer um meio voleio bem de perto.

"Saí correndo do gol, mas antes que conseguisse chegar até ele, o Goleiro já tinha armado o chute; a bola parecia pairar logo acima da grama prateada, um pouco além do meu alcance. Eu me joguei de lado. Não conseguia imaginar o ângulo que ele ia tentar, então tentei deixar o corpo o maior que pude, espalhando-me para impedir sua linha de fogo. Ouvi a batida oca de sua chuteira contra a bola. Ela me atingiu no peito com uma força capaz de parar o coração. Tentei sufocá-la com meus braços, consegui colocar uma mão nela, mas caí com tudo no gramado na mesma hora. Vi o Goleiro quase em cima de mim, uma enorme silhueta contra as luas que brilhavam intensamente, e me preparei para o impacto. Mas não houve nenhum. Ele ou passou por cima de mim ou através de mim. Fiquei de joelhos, olhando desesperado em volta, procurando a bola. Ela estava rolando lentamente para longe, a uns dois metros de distância. O Goleiro tinha parado quase na boca do gol, e agora havia virado e jogado o peso do corpo para frente, pronto para mandar a bola para dentro da rede. Ele estava tão próximo dela quanto eu. Agachei e saltei, por puro reflexo. Estava completamente esticado quando minhas mãos chegaram até a bola, e os pés dele estavam a centímetros do meu rosto. Virei de lado, evitando-o, e me enrolei ao redor da bola. Houve mais uma onda de urros da floresta ao nosso redor; e então, num instante, ela diminuiu e sumiu.

"O silêncio era chocante e maravilhoso. Eu me sentia como um homem que estava se afogando, mas que havia subido à superfície do mar para respirar de novo. Podia ouvir o som da minha respiração, as batidas de meu coração, o leve ruído do couro da bola embaixo dos meus dedos. Ergui a cabeça.

"A clareira parecia muito escura sob a luz pálida da única lua que pairava acima de mim. As árvores ao redor da clareira estavam perfeitamente imóveis. O Goleiro estava na linha do gol, com os braços cruzados.

'Muito bom', disse ele. 'Boa defesa. Você está bem?'

Eu fiz que sim e me levantei. Meus joelhos tremiam.

'Nem sempre o futebol é um jogo silencioso', ele disse.

Acho que eu ri.

'O truque é deixar o barulho fluir através de você', ele continuou. 'Como uma árvore que deixa o vento passar pelas folhas e pelos galhos. Assim, continua de pé, embora o vento seja muito mais forte do que ela.'

"Minha respiração se acalmou e eu estava de volta ao mundo real. Lembrei-me do que havia acontecido na minha casa antes e senti uma grande ansiedade tomar conta de mim.

'Não estou pronto', eu disse. 'Ainda tenho tanto a aprender.'

'Não comigo.'

"Isso parecia algo tão frio e definitivo de se dizer. Imagino que devo ter ficado com a cara de alguém que havia acabado de levar um tapa.

"A voz dele ficou um pouco mais suave. 'Existem coisas que você não pode aprender aqui, neste nosso campinho secreto. Você precisa sair pelo mundo e jogar sob luzes ainda mais fortes do que essas com que você jogou hoje, e contra um barulho que pode fazer o que você ouviu hoje parecer um sussurro. Claro que você ficará com medo. Só pessoas muito estúpidas nunca sentem medo. Mas você tem coragem, e você sabe que é bom.' Ele olhou ao redor, para as árvores, e me pareceu que seu contorno ficou um pouco mais fraco; pareceu ficar mais abstrato por alguns instantes. Ele continuou: 'Além disso, quem sabe por quanto tempo este lugar pode sobreviver? A floresta está sendo assassinada, árvore por árvore. A cada minuto, outro hectare desaparece. Você acha que podemos resistir àquelas máquinas de vocês, aquelas que você se esforça tanto para consertar?'.

'Eu não vou mais fazer isso.'

'Não, e eu fico feliz por isso, pelo menos. Quando você vai embora?'

'Amanhã. O pessoal do Deportivo vai me buscar às nove da manhã.'

"Havia uma pergunta que eu precisava fazer, mas mal sabia como colocar em palavras. De alguma maneira, consegui.

'Sei que você aparece lá no acampamento quando eu jogo. Você vai estar lá em San Juan? Eu vou saber se você estiver? Você vai me ajudar?'

"Em vez de responder, ele estendeu as mãos. Eu passei a bola para ele, e ele ficou olhando para ela feito uma cigana que tenta ver o futuro em uma bola de cristal.

'Você precisa entender que, para mim, é muito difícil sair da floresta', disse ele. 'Há muito tempo eu venho tentando sair daqui.'

"Ele levantou o rosto e mais uma vez eu vi aquelas pequenas luzes, as estrelas distantes que talvez fossem seus olhos.

'Por isso que eu te chamei aqui', disse ele. 'Para me ajudar a ir embora. Para por um fim à espera.'

'Para que você possa sair daqui agora? Você vai estar comigo em San Juan?'

'Não. Vou ficar aqui. Minha espera ainda não chegou ao fim.'

'Eu ainda não estou entendendo', eu disse. 'Você está dizendo que vai estar aqui se eu precisar de você?

Algo aconteceu com o rosto dele, talvez fosse outro sorriso.

'Na verdade, sou eu quem precisa de você.'

"E se afastou de mim, indo em direção à beira da clareira. Batendo a bola, segurando, batendo de novo.

'Não vá', eu disse.

"Ele parou, mas continuou de costas para mim, ainda batendo a bola, como se fosse um jogador de basquete.

'Eu vou voltar', eu disse.

"Ele se virou.

'Estamos contando com isso', disse.

"A luz falhou. Olhei para cima e vi uma nuvem estreita, parecendo uma faca, cortar a lua ao meio. Quando olhei de novo, ele tinha desaparecido."

ALGO ESTRANHO ESTAVA acontecendo com Paul Faustino. Como jornalista, ele estava acostumado a ouvir mentiras. Era parte do trabalho. Por esse motivo, ele era bom em reconhecer mentirosos. Ele conhecia muito bem o excesso de sinceridade na voz de um homem que anunciava uma mentira. Podia identificar o menor revirar de olhos, a linguagem corporal levemente exagerada que dizia que a verdade não tinha lugar ali. Mas durante as diversas horas que tinha passado com *El Gato*, ele não detectou nenhum desses sinais. Pior, o brilho que agora via nos olhos do goleiro nada tinha a ver com a luz refletida do troféu de ouro sobre a mesa. Era causado pelas lágrimas. O homem tentava não chorar. Faustino se viu pensando na absurda possibilidade de que ele estivesse falando a verdade. Limpou a garganta.

— *Gato*? *Gato*, você acaba de descrever o seu último encontro com o Goleiro?

— Sim.

— Você nunca mais o viu?

— Não. Quer dizer, sim, eu o vi — ou acho que o vi — em San Juan. Mas nunca o encontrei ou falei com ele desde aquela noite na floresta.

— E você nunca voltou para procurar por ele? — perguntou Faustino.

— Sim, voltei. Só uma vez.

— E?

El Gato esfregou o rosto com as mãos e então sentou mais ereto na cadeira.

— Foi no dia depois do funeral do meu pai. Eu esperei até a hora mais tranquila da tarde e achei o caminho que sempre me levava para a floresta. Mas ele não dava em lugar algum. A cortina de folhas que eu esperava que se abrisse na clareira agora se abria para uma vegetação ainda mais densa. Fiquei andando por ali feito um turista idiota durante duas horas, mas a clareira havia desaparecido. Não havia nenhum sinal de onde ela pudesse ter estado.

Faustino ficou pensando naquilo. O homem, então, havia sofrido duas perdas ao mesmo tempo. Uma dupla perda. Mas o tempo estava curto, então ele disse:

— Fale sobre o San Juan, *Gato*. Como foi para um menino de quinze anos que saiu da floresta ir para a cidade grande?

— Eu vi coisas comuns pela primeira vez. Semáforos, policiais, guarda-chuvas, lanchonetes. Lojas que vendiam uma coisa só — relógios, ou sapatos, ou livros. Multidões de pessoas andando para o trabalho nas calçadas. Ruas e calçadas me deixavam aturdido. Pensei nos milhões de toneladas de concreto e pedra sob os pés da cidade, na quantidade de trabalho que foi necessária para fazer tudo aquilo. Vi crianças dormindo na rua.

— Onde você morava, *Gato*?

"Fui morar com Cesar Fabian e a mulher dele. Cesar era, e ainda é, o fisioterapeuta do DSJ. Um cara incrível. Um casal maravilhoso. Eu dividia um quarto na casa deles com outro menino, outro jogador dos juniores. Mas ele não ficou. Foi embora depois de seis semanas, porque não conseguia aguentar a saudade de casa.

— E você, *Gato*? Não sentia saudade?

Era como se o grande goleiro não tivesse pensado naquela pergunta antes. Depois de uma pausa, ele disse:

— Não. Não exatamente. Eu me sentia meio irreal, como se estivesse num sonho. Mas era um sonho bom, não ruim.

Gato ficou em silêncio durante alguns instantes e então continuou:

— Mas havia uma coisa que me deixava com saudades. Se é que há uma palavra para isso. Triste, confuso, enfim. Você conhece San Juan, Paul?

Faustino fez uma careta.

— Infelizmente, sim. O lugar fede. Prefiro cidades que sabem a diferença entre um esgoto e uma rua.

O goleiro riu.

— Você está falando da Cidade Velha, do porto. Mas entre a Cidade Velha e a Nova tem o que as pessoas de San Juan chamam de Parque. Há uns cem anos, a Cidade Velha ficou pequena demais para todas as pessoas que moravam lá, então eles derrubaram a floresta atrás do porto e começaram a fazer a Cidade Nova. Mas decidiram deixar um pedaço de floresta em paz, uma espécie de espaço com ar livre entre a Cidade Velha imunda e a Cidade Nova limpa. Fizeram uma grade com trilhos ao redor. Então tem esse pedaço — um pedaço bem grande, aliás — de natureza aprisionado dentro da cidade. Macacos, pássaros, borboletas moram nessa prisão. Foi para lá que Cesar e a mulher dele me levaram no meu segundo dia em San Juan. Eles acharam que eu ficaria feliz de ver o local. Na verdade, o Parque era como uma piada sobre a minha vida e a vida de meu pai. Uma natureza falsa com caminhos asfaltados, mesas de piquenique, lixo. Era desconfortável, eu sentia que me contorcia feito uma minhoca num anzol. Ao mesmo tempo, eu ia lá muitas vezes, só para me lembrar de como era o céu quando você o enxerga através das árvores. E todas as vezes que eu ia até lá, sim, eu sentia saudades.

Faustino pensou. Sim, eu posso fazer algo com isso. Um texto para tocar o coração dos leitores. Mas precisarei de mais fatos. Então ele disse:

— Me conte sobre o seu dia a dia em San Juan, *Gato*. Você estava lá sob contrato. O que precisava fazer? O que os meninos que pertencem aos clubes de futebol fazem na verdade?

— Para minha grande surpresa, nós íamos para a escola. Todas as manhãs, cinco vezes por semana.

— Escola de futebol?

— Não, escola normal. Matemática, redação, ciências, história. Minha mãe ficou maravilhada quando eu escrevi e contei isso a ela. Ela antes pensava que futebol e educação eram inimigos. Ela tinha pensado que quando meu pai assinou o nome lentamente no contrato da *señora* da Silva, ele havia me condenado a dois anos de estupidez. E ficou muito feliz ao saber de mim que eu estava recebendo educação gratuita.

— E estava?

— Não. No ano em que eu fui para o DSJ, havia dezoito outros meninos como eu. Meninos que vieram do país todo. De cidades pequenas, de favelas ou da floresta, como eu. Desses dezoito, dez nunca tinham segurado um livro nas mãos. Podiam recitar os nomes dos jogadores do Boca Juniors de 1976, mas não conseguiam ler esses mesmos nomes num pedaço de papel. Eu assistia a aulas nas quais os alunos aprendiam o alfabeto.

Faustino podia imaginar um menino mais velho e inteligente sentado numa escola, tentando não parecer inteligente demais, enquanto seus colegas lutavam com as estruturas mais simples de sua própria língua.

— Mas você aprendeu alguma coisa?

— Sim. Aprendi a ficar quieto. Aprendi a observar. Aprendi que era totalmente possível para alguém ser um idiota na sala de aula e um gênio em campo.

Faustino, fumando, pensou naquilo durante alguns instantes. E então disse:

— E depois da escola?

— Duas vezes por semana, à tarde, a gente fazia trabalho pesado. Limpando, preparando uniformes, seguindo os caras que cuidavam do gramado, ouvindo gritos, varrendo, levando e trazendo coisas. Três vezes por semana, a gente treinava. E muito. Milton Acuna era quem chefiava o programa de treinamento dos juniores, e ele não poupava esforços. Era bem durão. Eu não tinha nenhum problema com aquilo, porque ele não era tão exigente quanto o Goleiro. Mas alguns dos outros meninos sofreram.

— Você era o único goleiro entre os juniores?

— Naquele ano, sim. Isso significava que às vezes eu trabalhava com o goleiro do primeiro time, Pablo Laval, e também com o substituto dele.

Faustino recostou na cadeira, de modo que seu rosto ficou exposto à luz da lâmpada, e disse:

— Eu conhecia bem o Pablo. Na verdade, ele foi a primeira pessoa que me falou sobre você. Um ótimo goleiro. Você se dava bem com ele? Pergunto porque você tomou o lugar dele no DSJ, e ele nunca conseguiu voltar. Isso deve ter sido difícil para ele.

— Eu não teria tomado o lugar dele se ele não tivesse fraturado a clavícula num jogo do clube contra o Palominas. Pablo foi fantástico. Vê-lo jogar era o meu aprendizado. Ele era muito generoso comigo. Eu não tinha nenhum problema com o Pablo.

Faustino inclinou-se para frente e disse:

— Eu entrevistei o Pablo Laval quando ele anunciou que estava se aposentando. Lembro o que ele disse. 'No intervalo depois do primeiro tempo, naquele primeiro jogo do time principal em que o *Gato* jogou, eu sabia que era o meu fim. Vi como o menino sabia mais sobre jogar no gol do que eu jamais saberia. Eu sabia que nunca mais conseguiria meu lugar de volta.' Tudo bem que ele estava com trinta e dois anos, mas não precisava desistir. Só que desistiu naquele momento. E isso deve tê-lo deixado magoado.

El Gato então também se debruçou para perto da luz e encarou o amigo de frente.

— Vou repetir, Paul. Eu não tinha nenhum problema com o Pablo. Depois daquele jogo, ele me levou até o vestiário e me deu a camisa dele. Era um tipo de ritual. Ele disse que o número 1 agora era meu. Eu disse que tinha tido só um bom jogo, enquanto ele tivera centenas. Mas você sabe como é o Pablo. Ele não aceita 'não' como resposta. Me fez tirar minha camisa número 23 e vestir a dele. Enquanto minha cabeça ainda estava dentro da camiseta, ouvi a porta do vestiário bater. Terminei de vestir a camisa e virei para olhar para onde Pablo estava olhando. Era Ramos, ainda com o uniforme que estava usando para sentar no banco dos reservas.

— Ah... O Ramos. Eu ia mesmo perguntar. Você tinha o quê, dezesseis anos na época? Era o mais jovem do time principal do DSJ. E Ramos já era o reserva do Pablo há uns dois anos, não era isso? E preferiram você a ele. Imagino que isso não foi muito bem recebido.

— Ele me odiou — disse *Gato*, em tom neutro.

— Quem diria — disse Faustino.

— Como goleiro, Ramos não era ruim. Mas era instável, muitas vezes imprudente. Dado a rompantes de raiva. Tinha recebido muitos cartões amarelos em uma carreira tão curta. E quando ele entrou no vestiário e me viu na camisa do Pablo, ele virou um vulcão. Acho que ele teria me matado se o Pablo, com o braço bom que lhe restava, não o tivesse agarrado pelo pescoço e segurado contra a parede.

Gato fez uma pausa, relembrando.

— Na verdade, não muito tempo depois disso, ele tentou de fato me matar. Ou que outra pessoa me matasse, enfim.

Faustino ficou ereto na cadeira.

— Você está brincando.

— Você não pode publicar isso, Paul, porque eu não tenho como provar. Mas sei que foi o Ramos.

— O que houve?

— Bom, eu fiquei com a vaga de titular. Apareci em todos os jornais. Ramos ficou louco de inveja. Ele tinha mais veneno em seu corpo do que uma víbora. Quando um jornal me entrevistou, tomei cuidado para dizer só coisas boas sobre ele, e isso só piorou as coisas, na verdade. Enfim, num domingo eu fui sozinho até a cidade, caminhar no Parque. Os gramados estavam cheios de famílias fazendo piquenique. Acho que eu estava me sentindo solitário. Percorri um caminho comprido em meio às árvores, seguindo por trilhas estreitas, até não conseguir ouvir mais nenhuma voz. Comecei a me sentir ao mesmo tempo em casa e com saudades de casa.

"Parei, apoiei-me contra o tronco cheio de musgo de uma árvore quina enorme e fiquei olhando para a penumbra daquela floresta linda e aprisionada. Estava pensando sobre o Goleiro, é claro, imaginando-o esperando... E então eu o vi. Eu o vi começar a se materializar por entre as samambaias e trepadeiras escuras. Fiquei maravilhado durante um ou dois segundos. Mas então eu vi que ele estava em grande dificuldade. Parecia estar lutando para se materializar, para ficar visível. Ele tremulava e ficava fora de foco, sem ficar exatamente definido, feito um filme projetado sobre vidro. Eu pude ver, no entanto, que ele estava apontando — para mim, eu pensei — e que sua boca se mexia, se contorcia. Ele tentava desesperadamente falar, mas nenhuma palavra saía. Não sei como, mas de repente eu percebi que ele estava tentando me avisar de algo. Eu me afastei da árvore e virei bem rápido.

"Os dois caras estavam a uns dez metros de mim. Não deviam ser mais do que adolescentes. Um ou dois anos mais velhos que eu. Meninos de pele pálida e magros, com cabelo comprido. Não chegariam a assustar se não fosse pelas facas finas que levavam nas mãos. Ficamos nos encarando, congelados, por um instante. E então eles partiram para cima de mim, e eu comecei a correr. Saí do caminho e entrei no coração escuro da mata. Alguma coisa, alguma memória ou instinto, me impedia de tropeçar. Eles vieram atrás de mim, mas não por muito tempo. Eram meninos de cidade e não deviam gostar de ficar com teia de aranha na cara, ou pensar que havia coisas rastejando em lugares escuros. Os palavrões e os ruídos começaram a sumir atrás de mim. Finalmente, me senti seguro o suficiente para parar. Quando meu coração e minha respiração voltaram ao normal, fui com cuidado em direção ao som distante do trânsito. Depois de uns vinte minutos, saí na praça entre o Parque e a Cidade Velha.

— Caramba — disse Faustino. — E você acha que esses caras não eram só ladrões comuns? Drogados? O que te faz ter certeza de que foi o Ramos que mandou os caras atrás de você?

— Quando fui treinar na segunda de manhã, Ramos estava saindo do carro. A cara dele quando ele me viu me disse tudo que eu precisava saber. E ele sabia que eu sabia.

— O que aconteceu com ele?

— Ele foi transferido antes do fim da temporada. A última coisa que eu ouvi era que ele estava jogando na Colômbia. Mas isso foi anos atrás.

— E você continuou a ser o goleiro titular do DSJ pelo resto da temporada. E, como dizem, o resto é história. Eu tenho tudo aqui.

Ele levantou e atravessou o escritório, abriu uma porta e acendeu um interruptor. Virando na cadeira, *El Gato* viu que a porta abria para uma sala adjacente menor, sem janela. As duas paredes que ele podia enxergar estavam cheias de prateleiras lotadas com arquivos, pastas, cadernos e sacos plásticos com papéis.

— Os meus colegas chamam isto aqui de Biblioteca Paul Faustino de Conhecimentos Inúteis — disse Faustino. — Mas eles não entendem que nenhum conhecimento é inútil. E também não entendem o meu sistema de arquivamento. Porque não existe um.

Ele sumiu dentro da sala e depois surgiu trazendo três enormes e antiquadas caixas de arquivos. Cada uma tinha uma etiqueta com *EL GATO* escrito em caneta hidrocor de ponta grossa.

— Meu Deus — disse o goleiro.

— Ah, e isso nem é tudo — disse Faustino. — O resto está

naquele computador ali. Um dia eu vou pagar um daqueles *nerds* do andar de baixo para colocar tudo num disco. E aí eu nunca vou conseguir achar nada, mas tudo vai ficar bem organizado. Isso aqui são as coisas do começo. Tudo que eu pude achar ao longo dos anos, algumas coisas escritas por mim. Claro que são as melhores.

Faustino pousou a mão sobre os arquivos.

— Estes estão em ordem cronológica. Bom, mais ou menos.

Tirou a tampa do primeiro arquivo e passou os dedos pela coleção de recortes de jornal, comunicados à imprensa e fotos. *Gato* viu de relance uma foto do menino que ele fora um dia.

— Então isso aqui são coisas sobre essa sua primeira temporada como goleiro do DSJ. O time terminou em terceiro lugar. A melhor posição depois de... cem anos? — perguntou Faustino.

— Doze, na verdade — respondeu o goleiro, sorrindo.

— E, no fim da temporada seguinte, vocês eram campeões. Incrível. E você foi eleito o Jogador Nacional do Ano. E por aí vai. Depois, você assina com o DSJ por mais dois anos.

Faustino parou e olhou para *Gato*.

— Por quê? — perguntou ele. — Havia clubes maiores que queriam te contratar. Até clubes estrangeiros. A Juventus, o Chelsea, o Atlético de Madrid. Mas você escolheu ficar no San José, no meio do nada.

O goleiro grandalhão deu de ombros.

— Milton Acuna sabia como convencer — disse ele. — Ele me disse que sim, um dia eu deveria ir jogar na Europa, mas na opinião dele eu ainda era jovem demais. Eu o respeitava. E o clube me ofereceu um bom dinheiro. Além disso, tinha a minha família. Não fiquei feliz com a ideia de ter metade do mundo me separando dela.

Aquilo não satisfez o jornalista de todo, então ele perguntou:

— E tinha algo a ver com o Goleiro, talvez? Você me disse que no Parque de San Juan, onde ele quase apareceu para você, parecia estar tendo dificuldade de se materializar. Você acha que havia algum limite de distância, algo assim? Que se você se afastasse ele não conseguiria mais te alcançar? Ou talvez que ele não conseguisse se comunicar com você se não houvesse um pedaço da sua amada floresta tropical por perto? Era isso?

El Gato pensou naquilo e finalmente respondeu:

— Paul, o Goleiro me acompanha aqui — disse, tocando a testa com dois dedos. "Eu não o vejo em carne e osso há anos, como eu te disse" — continuou. E sorriu. — São as palavras erradas, 'em carne e osso', mas você entendeu.

Faustino olhou sério para o amigo e decidiu deixar aquele assunto de lado. Voltou ao seu arquivo.

— Jogador do Ano na temporada seguinte, também. O DSJ é o líder do campeonato, blá-blá-blá, na temporada seguinte eles ganham a Copa, blá-blá-blá. E aí, com maravilhosos vinte anos de idade, você é contratado pelo Unità e vai para a Itália. E na sua primeiríssima temporada, o Unità ganha a Copa dos Campeões da Europa.

Faustino tirou a tampa do arquivo seguinte. Tirou de lá uma fotografia em preto e branco brilhante, de vinte por dez centímetros.

— Esta aqui é, na minha opinião, uma das melhores fotos de todos os tempos — disse ele. — Vou usar no meu artigo.

A fotografia mostrava *Gato* levantando o troféu sobre a cabeça. Como parecia jovem e triunfante! A taça — que era mais um vaso gigante, na verdade — parecia refletir os flashes de milhares de câmeras no rosto do goleiro, dando a ele um esplendor que só se costuma ver em pinturas de santos. Uma foto cheia de alegria.

Ao ver a foto, o rosto de *El Gato* ficou petrificado. Ele empurrou a cadeira para trás, foi até a janela e colocou suas enormes mãos sobre o vidro. Ficou assim durante talvez trinta segundos; depois, colocou as mãos nos bolsos e apoiou a testa contra o vidro.

Faustino olhou para as costas largas de seu amigo e de volta para a foto. Mas que diabo era aquilo agora? Esticou a mão para o botão que parava a fita, mas mudou de ideia. Esperou alguns instantes e então simplesmente disse:

— Gato?

O goleiro não se moveu.

— Gato? Não sei o que está havendo. Você pode me dizer?

Gato virou as costas para a janela.

— Me faz um favor, Paul. Não use essa foto maldita. Eu nunca mais quero olhar para ela.

Faustino tirou os olhos do amigo e voltou a fitar a fotografia, sem saber o que dizer.

O goleiro caminhou pelo escritório de Faustino e se sentou novamente na cadeira. Ele não falou nada, então Faustino acendeu um cigarro, lentamente, e disse, soprando a fumaça azulada para o cone amarelo da luminária:

— Conte, meu amigo, por favor.

El Gato ficou olhando fixamente para a superfície da mesa e disse:

— Aquele momento, aquele momento da foto, foi mágico. Logo depois, ficou horrível. A gente tinha acabado de ganhar a Copa dos Campeões, e o Giorgio Massini entregou a taça diretamente para mim. A gente se divertiu muito naquela noite, pode acreditar. Passava das oito da noite e a televisão e os jornais já tinham falado tudo o que poderiam sobre nós, e então saímos pela cidade. Voltamos de avião para Roma no dia seguinte, todos meio cansados, mas ainda muito, muito felizes. No aeroporto, nos pegaram com dois ônibus com o teto aberto, pintados com as cores do Unità, e ficamos passeando pelas ruas, Massini e eu na frente do primeiro ônibus, com a taça. Cenas fantásticas. Jogavam flores, roupas, bandeiras, dinheiro. Fantástico. Desembarcamos em algum hotel de luxo. Fizemos uma coletiva de imprensa, entrevistas, fotos. Depois de tudo isso, a maioria dos jogadores foi para casa encontrar a esposa, a família, a namorada, o que for. Eu estava exausto. Decidi ficar no hotel. Comi no meu quarto e fui dormir.

Faustino tinha comparecido à coletiva, mas aquele não parecia o melhor momento para mencionar o fato.

— Eu dormi como se tivesse morrido — *Gato* continuou. — Por isso, quando começaram a bater na porta às sete da manhã, levei certo tempo para voltar à realidade. Saí da cama cambaleando e abri a porta. Uma mulher pequena estava ali, mexendo nervosa em um grande molho de chaves. Ela falava comigo com pressa, em italiano, apontando para o telefone ao lado da minha cama. Eu tinha tirado o telefone da tomada antes de cair no sono — não queria que jornalistas ficassem me ligando no meio da noite. Coloquei o telefone de volta na tomada e atendi. Alguém disse algo em italiano, e depois veio uma voz distante e distorcida. Eu não estava completamente acordado, e por um instante pensei que fosse o Goleiro, por mais que a ideia de ele usar um telefone não fizesse o menor sentido. Mas havia um eco na linha, como se a voz estivesse duplicada, o que me fez pensar que pudesse ser ele, e, embora eu soubesse de quem era a voz, não conseguia reconhecê-la. '*Gato*? É você, *Gato*? Aqui é o Ernst Hellman.'

"Hellman! Por mais estranho que pareça, a primeira coisa que me veio à cabeça era que eu nunca soube o primeiro nome dele.

E eu disse algo como '*Señor* Hellman, muito gentil da sua parte ligar'. Eu achava que ele estava ligando para me dar os parabéns.

'Graças a Deus! Levei três horas e dezesseis telefonemas para conseguir falar com você', ele disse.

Comecei a sentir algo ruim, uma espécie de enjoo frio.

'Está tudo bem, *señor* Hellman?'

"Hellman não respondeu imediatamente. Fiquei ouvindo o barulho que parecia vento pelo telefone. E então ele disse, daquele seu jeito direto: 'Não. Escute, *Gato*. Houve um acidente.'

E aí eu soube. 'O meu pai.' Só consegui falar essas três palavras.

'*É, Gato*. O seu pai. É horrível te dar essa notícia. Neste dia, principalmente. Ele morreu, *Gato*. Morreu hoje de manhã.'

E então eu voltei para casa. Levei sessenta e duas horas para chegar."

— DEPOIS DO FUNERAL, numa longa conversa com Hellman, descobri mais ou menos o que aconteceu.

"A final tinha sido de noite na Holanda, portanto a transmissão pela TV, com a diferença de horário entre os países, tinha começado às duas da tarde. Era uma quarta-feira, mas Hellman deu a tarde livre para todo mundo. Imagino que ele tenha feito aquele espetáculo de gritos no telefone para conseguir a aprovação do escritório central.

"Várias famílias da cidade, inclusive a minha, já tinham televisão, mas claro que o único lugar onde todos queriam estar para ver o jogo era o bar, onde tinham colocado dois televisores a mais, dos grandes. Vários homens apareceram, ainda de uniforme de trabalho e botas imundas, gritando e pedindo cerveja. Meu pai tinha lugar de honra, uma cadeira na frente da televisão mais próxima ao balcão. Alguns dos homens já estavam bem bêbados quando o padre conseguiu se espremer por entre o grupo e subir numa mesa. Ele fez um pequeno discurso, dizendo que era bom ver tantos homens reunidos num lugar só para ver algo por que eram apaixonados. Disse que esperava que o mesmo acontecesse em sua igreja algum dia. Mas, disse ele, aquele era um grande evento para a cidade, e principalmente para uma das famílias. E então ele fez uma prece por mim, advertiu os homens sobre os perigos da bebida, pediu uma taça de vinho tinto e se acomodou para assistir ao jogo.

— Você se lembra do jogo, Paul? Você estava lá.

— Sim, eu estava. O que eu lembro é que você estava jogando muito bem, mas ninguém mais estava, na verdade. Não foi exatamente o que a gente chama de clássico.

— Não. Durante os primeiros vinte e cinco minutos, a gente se concentrou em manter a posse de bola, assim como o Real. Houve vários, lentos, ataques que não resultaram em nada muito significativo. Tudo o que eu precisei fazer foi defender alguns lançamentos lá de trás e ver chutes de longa distância passarem bem longe do meu gol. A torcida ficou muito impaciente. No bar, muita gente falava como se fosse especialista. De acordo com o Hellman, o meu pai ficou em silêncio, só anuindo com a cabeça quando alguém falava com ele. Hellman disse que ele parecia muito pálido e que estava visivelmente nervoso.

"Foi o nosso capitão, Massini, que deu uma injeção de ânimo no jogo, se você se lembra. Ele tinha cortado um passe malfeito perto do meio de campo e aí começou uma daquelas grandes corridas galopantes dele. Ninguém veio enfrentá-lo; a defesa do Real recuou, continuando a forte marcação. Massini olhou para a frente, viu que o goleiro deles, Ruiz, estava ocupado, gritando e orientando os zagueiros, e resolveu arriscar. Chutou de quase trinta metros de distância, e atingiu a bola com tanta força que, quando ela bateu na trave esquerda de Ruiz, eu consegui ouvir o impacto através dos urros da torcida.

"A chance de gol na jogada de Massini deveria ter nos inspirado; em vez disso, fez o Real acordar. Eles partiram para cima de nós feito lobos. Ernesto Pearson, um atacante argentino deles, era particularmente perigoso; ele destruiu a nossa defesa. Tive que fazer umas seis ou sete defesas nos últimos dez minutos do primeiro tempo.

"Foi durante esse período que os homens no bar começaram a comprar cerveja para o meu pai. Ele não costumava beber. Sim, ele às vezes tomava uma ou duas cervejas nas noites de sábado, mas sempre voltava para casa cedo e dormia feliz depois de conversar um pouco com minha avó. Mas naquele dia, no bar, os homens compraram uma cerveja para o meu pai para cada defesa que eu fazia. E ele estava tão nervoso que tomou todas.

"Bom, você sabe o que aconteceu, Paul. Na metade do segundo tempo, mais ou menos, nós marcamos o gol. Não tínhamos a intenção de recuar depois disso, mas os espanhóis não nos deram opção. Começaram a atacar cada vez mais desesperadamente. Era como tentar segurar o mar. Mas aguentamos. E ganhamos."

Faustino deu uma pequena risadinha e disse:

— Tem alguns detalhes que você se esqueceu de mencionar, meu amigo. O fato é que *você* ganhou o jogo. Você defendeu dois chutes inacreditáveis, sendo que um deles você só viu quando a bola já estava quase dentro do gol. E você defendeu o pênalti do Pearson quatro minutos antes do final. Foi isso que matou o Real.

— Acho que foi isso que matou o meu pai também — disse o goleiro. — Se o jogo tivesse terminado diferente, pode ser que o meu pai ainda estivesse vivo.

— A palavra *se* é capaz de enlouquecer uma pessoa, *Gato*. Deveria existir uma lei que proibisse o uso do *se*. Me diga o que aconteceu de fato.

— Bom, você deve lembrar que, quando Massini pegou a taça da Copa dos Campeões, ele não a ergueu sobre a cabeça em triunfo, que é o que os capitães fazem. Ele a entregou para mim e eu a ergui. No bar, aquela imagem minha, segurando a taça, a mesma da fotografia, apareceu nas três telas de TV, e nesse momento o meu pai foi erguido pelos homens para cima de uma mesa. Ele já estava bem bêbado, de acordo com Hellman, e os homens precisaram segurá-lo pelas pernas. Ele devia estar envergonhado e exultante ao mesmo tempo, e, quando se sentia desse jeito, tinha a mania de balançar a cabeça feito um jegue incomodado pelas moscas. Consigo até imaginar a cena. Sinto tanta raiva daquele velho tonto. Tanta raiva.

Paul Faustino continuou em silêncio.

Gato também continuou em silêncio durante alguns instantes e depois prosseguiu.

— Enfim, foi aí que os homens começaram a beber cachaça.

— Ah... — murmurou Faustino.

— Isso mesmo. E era a cachaça local, suave feito seda e perigosa feito um chicote. Meu pai nunca bebia esse treco. Minha mãe não permitia que aquilo entrasse em casa, de todo modo. E lá estava ele, cambaleando em cima de uma mesa com um copo de cachaça em cada mão, enquanto as pessoas gritavam o nome do filho dele.

"Hellman saiu do bar naquela hora, mas ele juntou os pedaços da história nos dois dias seguintes. Os homens continuaram celebrando a minha vitória pelo resto da tarde. Quando meu pai finalmente conseguiu sair porta afora, ele caiu imediatamente na rua, como se tivesse levado um tiro. Isso, é claro, foi muito engraçado. Alguns dos homens pegaram uma mesa do bar, viraram-na com os pés para cima e colocaram ao lado do meu pai. Pegaram o corpo dele e colocaram em cima, e então quatro homens, todos usando camisas azuis com o meu nome e o meu número, conseguiram de alguma maneira apoiar a mesa nos ombros e saíram andando pela praça, cambaleando perigosamente, mais ou menos na direção da nossa casa. Atrás deles vinha um grupo de bêbados que cantavam e celebravam.

"Minha mãe não ficou feliz ao ver aquela turba de fãs bêbados de seu filho aparecendo em sua porta. Quando ela percebeu que os braços e as pernas que balançavam pendurados na mesa eram de seu marido, quase desmaiou. Minha avó, é claro, supôs que meu pai já estivesse morto e começou a choramingar de um jeito horrível, enquanto batia com uma concha de sopa na cabeça de um dos homens que carregava a mesa.

"Meu pai ainda estava vivo, na verdade. Ele só morreu no dia seguinte. Eles o tiraram da mesa e o colocaram na cama. Ele voltou a si, por alguns instantes, mais ou menos uma hora depois. Conseguiu beber um pouco de água, e depois dormiu a noite inteira. Minha mãe ficou horrorizada ao vê-lo acordado às seis da manhã, se vestindo para ir ao trabalho. Ele estava com uma aparência péssima. Ela implorou para que ele não fosse. Ele disse que nunca tinha faltado ao trabalho durante toda a sua vida — o que era provavelmente verdade — e que não tinha a menor intenção de começar naquele dia. Então ele foi.

"Naquela manhã havia uma chuvinha leve, e os homens ficaram amontoados dentro de seus ponchos na traseira do caminhão. A maioria estava no mesmo estado que meu pai, com olhos vermelhos e trêmulos. Meu pai vomitou duas vezes. Outro homem pegou uma garrafinha com um líquido esverdeado e límpido e convenceu meu pai a beber um pouco. O que quer que fosse aquilo, aparentemente deu certo. Hellman me disse que, quando o caminhão chegou ao acampamento, ele parecia estar bem. O resto da equipe não parecia, no entanto, e Hellman meio que teve vontade de mandar todos para casa. Mas meu pai disse que não, que eles estavam bem. Ele era o chefe da equipe e faria de tudo para que tivessem cuidado. Então Hellman concordou. Deu os parabéns ao meu pai pelo meu sucesso e voltou para o escritório. A equipe vestiu seus uniformes verde-limão à prova d'água — o do meu pai tinha uma faixa laranja grande nas costas — e saíram para cortar as árvores. A essa altura, a chuva já estava mais forte.

"A equipe do meu pai era uma das três que cortavam árvores na encosta de um morro baixo e comprido. Era uma nova área, então as máquinas ainda não tinham revirado muito o solo, mas havia riachinhos de água cor de chá descendo pelo morro. Depois de uma hora, a equipe já tinha deixado tudo pronto eles derrubaram uma grande árvore de madeira de lei. Era uma árvore boa, que valia todo o esforço. O tronco era mais grosso do que a minha altura. Os serradores e 'macacos de serra' foram lá e começaram a cortar. A essa altura, meu pai começou a não parecer muito bem de novo. O que aconteceu, eu acho, é que alguma coisa naquela bebida verde o deixou um pouco bêbado novamente, e foi por isso que ele pareceu tão confiante ao falar com o Hellman. E quando o efeito passou, ele se sentiu pior do que nunca. Mas ele era turrão e não ia desistir. A equipe afixou os cabos no enorme tronco da árvore. O solo ao redor das laterais do tronco já estava enlameado pelos pés dos madeireiros e os 'macacos de serra' iam para lá e para cá, xingando, seus uniformes à prova d'água completamente imundos de lama vermelha. O homem do guincho, um cara chamado Torres, deu partida no motor e começou a adiantar o trabalho para que os cabos ficassem esticados. Foi aí que meu pai chegou perto da máquina do gancho. Ele estava com uma aparência horrível, e Torres disse isso a ele. Meu pai disse que ele não precisava se preocupar, e que deveria manter a rotação do motor baixa, já que não queria que o tronco descesse a ribanceira rápido, com aquele tempo. E então meu pai se afastou e sumiu. Torres disse a Hellman que achou que o velho tivesse saído dali para vomitar de novo, já que não queria que ninguém o visse fazendo isso.

"Torres ligou o motor do gancho na velocidade baixa e os cabos se tensionaram e vibraram feito as cordas de um violão gigante. O tronco se mexeu e a lama embaixo dele fez um ruído de sucção. E aí o tronco emperrou por algum motivo. Torres desligou e religou a máquina, tentando tirar a coisa do lugar, mas nada acontecia. Ele ficou preocupado e ficou olhando através da chuva fina, procurando meu pai, mas não sabia onde ele estava. Então o que Torres fez foi colocar o motor em meia força durante uns cinco segundos, para tentar puxar o tronco. Funcionou. O tronco cedeu um pouco e começou a descer a ribanceira. Desceu um pouco mais rápido do que Torres queria, mas tudo bem. E aí tudo deu errado. O tronco virou e começou a deslizar de lado. A extremidade de cima veio cortando a ribanceira, cortando o mato como se fosse uma lâmina. Torres sabia que os cabos não iam conseguir segurar, então ele apertou o botão para liberá-los e deixou o tronco ir para onde quisesse. Ele virou e rolou e finalmente parou, uns sessenta metros à direita do ponto para onde deveria, inicialmente, ir. O que o fez parar foi um dos sulcos rasos que jogavam água ribanceira abaixo. O tronco rolou e se encaixou direto nele.

"Torres e o resto da equipe levaram mais uma hora para reposicionar a máquina do gancho e os cabos e arrastar a árvore até o pé do morro, onde os tratores poderiam apanhá-la. Duas vezes Torres mandou 'macacos de serra' para procurar pelo meu pai, mas não havia nenhum sinal dele. E então, quando o tronco foi levado embora, um dos rapazes viu o agasalho verde e laranja do meu pai meio enterrado na lama, no fundo do sulco. Então ele tentou apanhá-lo. Mas não conseguiu. O agasalho estava preso na lama. Então ele apoiou bem as pernas e agarrou a gola com as duas mãos e puxou. Quando a parte de trás da cabeça do meu pai surgiu da lama, o rapaz percebeu que ele ainda estava dentro do agasalho. O tronco enorme tinha rolado por cima dele e o esmagado com a cara no chão, dentro do sulco, onde ele tinha ido vomitar. Foi assim que ele morreu."

Faustino apertou o botão para parar a gravação.

EL GATO ESTAVA recostado na cadeira, os braços esticados à sua frente, as pontas dos dedos apoiadas na beira da mesa. Encarava sem enxergar a taça da Copa do Mundo. Faustino estava satisfeito em deixar aquele silêncio triste continuar, já que estava ocupado, pensando.

Faustino não era o que podemos chamar de um homem sensível, mas ele estava alarmado com a calma com que *El Gato* havia relatado a história da morte de seu pai. Assim como, antes, havia ficado alarmado com o modo despreocupado com que ele havia descrito aquelas... o *quê*? Experiências? Alucinações? A calma de seu amigo era, é claro, um dos atributos que faziam dele o melhor goleiro do mundo; mas Faustino pegou-se imaginando se tal autocontrole não era, bem, *anormal*. Às vezes, parecia que ele não vivia exatamente no mesmo mundo que o resto das pessoas.

Por outro lado, não havia dúvida sobre a emoção que *Gato* havia demonstrado ao falar de sua despedida do Goleiro. Faustino ficou impressionado com o contraste. O homem que havia acabado de relatar a morte de seu próprio pai do jeito mais casual possível ficou quase à beira das lágrimas quando falou sobre sua despedida de um fantasma. Aquele goleiro era bem mais complexo do que era permitido a um jogador de futebol.

Mesmo assim, Faustino tinha começado a pensar numa estratégia para lidar com a grande quantidade de coisas que havia gravado durante a noite. Três artigos, não um. O primeiro teria de ser sobre a selva e o Goleiro. *Gato* sem dúvida insistiria que fosse. Mas Faustino achou que seria bom colocar uma interpretação particular da história, só o suficiente para que os leitores pudessem acreditar nela enquanto percebessem que ele, Faustino, não acreditava. O segundo artigo seria sobre o acampamento e a morte do pai de *Gato*. Algo bom, de interesse humano. O terceiro seria sobre a opinião de *Gato* sobre a final da Copa do Mundo. (E ainda faltava essa parte da entrevista, caramba. E logo amanheceria. Ele esperava que o goleiro ainda tivesse ânimo para comentar o vídeo do jogo.) Quanto mais Faustino pensava sobre esse plano, mais gostava dele. Uma entrevista exclusiva, publicada em partes, três dias, sobre o homem que era, pelo menos por enquanto, a pessoa mais famosa do planeta. As vendas do *La Nación* aumentariam em pelo menos trinta por cento. Sua chefe adoraria. E conseguir três exclusivas pelo preço de uma, isso fazia bem o estilo dela, aquela mão de vaca. Faustino começou a imaginar o valor do bônus que conseguiria arrancar dela. Começou a se sentir alegre.

Com o tom de voz mais triste que conseguia, Faustino disse:
— Não tinha a menor ideia de que seu pai tinha tido uma morte tão horrível. Sinto muito.

Gato balançou a cabeça como resposta, mas não disse nada.

Cuidadosamente, Faustino completou:

— Fico surpreso por não saber nada a respeito. Nunca li sobre isso em lugar algum.

Gato sorriu um pouco.

— Aconteceu no meio do nada. Madeireiros morrem todos os dias. A história não foi parar em jornal de circulação nacional. E eu nunca falei sobre isso. Até agora.

— Posso usar isso na matéria?

— Sim. Quero que você use.

Faustino conseguiu esconder relativamente bem sua alegria.

— Mas, Paul, não vamos usar isto aqui, se você não se importa — disse *Gato*.

"Isto aqui" era a fotografia. *Gato* colocou-a com um gesto casual de volta na caixa e fechou a tampa. E então deu um tapinha no terceiro arquivo e disse:

— O que tem neste aqui? Que informações sobre mim você tem aqui?

— Coisas até 1998, por aí, acho. A sua volta da Europa, os anos com o Coruna e Flamingos. E todo o resto está no computador. Até fotos, inclusive a gente — *você* — ganhando a Copa do Mundo.

— Então você acha que já tem tudo o que precisa?

O rosto de Faustino era só uma expressão contrita e dolorosa:

— Tem mais uma coisa que eu gostaria que você fizesse. Algo que eu *preciso* fazer, na verdade. Se você ainda tiver energia. Olhou o relógio. — Olha só, a cantina aqui começa a servir o café da manhã dentro de quarenta e cinco minutos. Em geral é muito bom. Se você me der mais quarenta e cinco minutos, eu te levo lá embaixo e peço para você o que eles chamam de Serviço Completo, que eu nunca consegui comer inteiro. Que tal?

— Parece legal — respondeu *Gato*. — O que você precisa fazer?

— Estou com a final gravada ali. Queria rever uns pedaços com você. Principalmente o pênalti, claro. Tudo bem?

— Sim, claro — disse o goleiro, e sorriu. — Na verdade, tem umas coisas que eu gostaria de rever. Eu não vi nenhum dos *replays*.

— Não viu? — perguntou Faustino, incrédulo. — Mas vários canais passam o *replay* da final todos os dias, a qualquer hora. É praticamente só isso que há na TV. Você deve ter visto.

— Não.

— Você me surpreende de verdade. Certo, pegue sua cadeira. O vídeo já está no ponto.

Os dois homens arrumaram as cadeiras em frente a uma grande televisão de tela plana. Faustino pegou o controle remoto e apertou alguns botões. A sala foi inundada por sons, o hino nacional alemão contra ondas e mais ondas de urros da torcida que lotava o estádio. As imagens vinham de uma câmera que focalizava os rostos do time alemão.

— Imagino que a gente não queira ver isso. Posso acelerar bem rápido. Vamos ver o gol do Masinas, que nos colocou em vantagem?

— Não. Vamos para o segundo tempo, quando Lindenau fez o gol de empate. Gostaria de ver de novo.

Faustino olhou de lado para o amigo.

— Você quer se ver sendo batido?

— Sim, disse *El Gato*. — Não é sempre que acontece, afinal de contas. — E riu.

Então Faustino apertou um botão do controle remoto e os pequenos jogadores correram apressados pela tela. Depois de um tempo, anúncios, altos e chamativos, brilhavam, seguidos de homens falando em um estúdio. Hora do intervalo. Depois, mais correria por parte dos jogadores em camisas brancas e em camisas com as cores roxo e dourado.

— Aqui está — disse Faustino, apertando o controle.

O vídeo ficou mais devagar. A tela mostrava o atacante alemão, Lindenau, recebendo a bola, um passe longo que veio por cima de seu ombro.

— Vamos voltar um pouco, disse *Gato*. — Walter Graaf, o goleiro deles, faz uma coisa incrível logo antes disso.

Faustino voltou. Os jogadores correram loucamente de costas. A bola foi para a direção errada, voltando para cada jogador que a havia chutado. Faustino apertou outro botão e o tempo voltou ao normal.

— Olha só isso — disse *Gato*. — O Graaf é um grande goleiro. Já joguei contra ele várias vezes. Ele é tranquilo feito uma rocha. Mas olha só isso. Ele faz uma coisa que ninguém espera que ele faça.

Na tela, a Alemanha se defendia desesperadamente. Já tinham levado um gol e só restavam vinte minutos de jogo. Precisavam atacar.

— Olha — disse *Gato*, apontando para a tela. — Aqui, aqui. O zagueiro da Alemanha, Effenberg, pega a bola, mas não tem opção. Ele está cercado entre a lateral e a grande área. Então ele recua a bola para Graaf. Bom, nove entre dez vezes, Walter daria um chutão, bola alta para o campo adversário, para dar à sua defesa a oportunidade de se reorganizar. A gente achou que era isso que ele ia fazer ali. Então os jogadores que estão cercando Effenberg se viram e se afastam dele. Mas o que é que Graaf faz? Olha, é bem aí. O Walter se posiciona para jogar uma bola longa, mas, em vez disso, faz um passe curto, de volta para Effenberg. Loucura! Nossos atacantes voltam correndo para o Effenberg. E veja — o nosso meio de campo volta e começa a avançar também, pensando que Graaf fez uma loucura. Mas o que acontece é que Walter corre até a beira da grande área para receber de volta o passe de Effenberg. Essa é a final da Copa do Mundo, e o Walter está trocando passes na frente de seu próprio gol. Fantástico. Ele conduz a bola por uns vinte metros, por aí, levanta os olhos e faz um passe diagonal maravilhoso para Lindenau, que está no limite, mas não está impedido. Lindenau ameaça matar a bola no peito, o que o deixaria de costas para o gol, mas em vez disso ele nos engana. Vira e deixa a bola passar por cima de seu ombro. Deixa Carlos Santayana parado, sem saber o que fazer. Ele só precisa passar por mim, vinte e cinco metros para fazer o gol.

Faustino olhou de lado para *Gato*. O homem estava mesmo gostando daquilo! Aquele era um vídeo de como ele quase perdeu a final da Copa do Mundo para a Alemanha, e ele falava dele como se aquilo tivesse acontecido com outra pessoa.

— Era óbvio que o Carlos não conseguiria pegar Lindenau — disse *El Gato*. — Então eu precisei sair e rezar para conseguir chegar na bola antes de Lindenau. Ao mesmo tempo, eu sabia que, se não conseguisse, ele me encobriria.

— Você saiu do gol feito um míssil — disse Faustino, seus olhos grudados na tela. — O Lindenau deve ter ficado morrendo de medo. Ele é um cara pequeno.

— Eu esperava assustá-lo — disse *Gato*.

Os dois homens viram o *replay* em câmera lenta de Lindenau mandando a bola sobre *Gato* — que mergulhava, de braços abertos — e fazendo o gol.

— Viu só o que ele fez? — disse *Gato*, enquanto reviam o gol mais uma vez. — Ele não levantou simplesmente a bola. No décimo de segundo anterior, ele deixou a bola parar — bem aí, olha — e deu uma 'cavadinha' com o pé direito, por cima de mim. Sensacional.

— Certo — disse Faustino. — O placar agora está um a um. Nenhum gol na prorrogação. Quer ir direto para os pênaltis? Ou você quer olhar as três defesas incríveis que você fez nos últimos quinze minutos?

— Não. Vamos para os pênaltis.

O aparelho fez alguns sons metálicos. Cenas da torcida apareceram na tela, e então grupos de jogadores e técnicos e reservas se formaram e desapareceram em grande velocidade. Faustino apertou o controle e a tela mostrou *El Gato* andando em velocidade normal até o gol para enfrentar a primeira sequência de pênaltis que decidiria o título mundial. Durante alguns segundos, ele era o único jogador em quadro, uma figura solitária que se movia através de uma muralha de barulho intenso. E então a câmera se afastou para mostrar Dieter Lindenau colocando a bola sobre a marca do pênalti, lutando um pouco para ajustá-la direito sobre o gramado, e depois virando-se para tomar distância.

— Ele não olha para você — disse Faustino. — Nem mesmo de relance. E nem para o gol.

El Gato sorriu de leve.

— Ele sabe muito bem que é melhor não fazer isso. Mais ainda, olha só o modo como ele corre — ele muda de direção bem de leve. Eu não conseguia interpretar seus movimentos nem desconcentrá-lo. Precisei escolher um canto.

— E escolheu corretamente — disse Faustino, enquanto viam a bola voar e bater na rede um pouco acima do chão, entrando perto da trave direita, um pouquinho além do alcance de *Gato*.

— Sim, escolhi o canto certo. Mas não consegui chegar nela. Para mim, esse é o lugar perfeito e a altura perfeita para se bater um pênalti. Noventa e nove por cento dos jogadores que vão fazer esse chute, batem na bola com a parte de dentro do pé, para ter precisão. Mas aquele foi um chute cheio de raiva, a bola não subiu nem dez centímetros. Uma coisa bem difícil de se fazer. Um grande pênalti.

Faustino pausou a fita.

— Diga como você se sentiu naquele momento.

O goleiro deu de ombros.

— Não estava desesperado. Ainda tinha mais quatro chances, e eu sabia que Lindenau era o melhor batedor de pênaltis deles. As chances ainda estavam a meu favor. Mas aí tudo mudou.

— Sim — murmurou Faustino, apertando o botão. — Eu já vi isso dúzias de vezes, mas mal consigo ficar olhando.

Na tela, Walter Graaf, em *close*, encara seu primeiro pênalti. Ele está imóvel, com as mãos apoiadas nos quadris, enquanto Babayo se encaminha para bater. Quando Babayo atinge a bola, com uma força tremenda, Graaf dá um salto com os braços bem altos e separados. A bola voa sobre a trave e desaparece no meio da torcida que grita histericamente. Babayo cai agachado, a mão entre os braços, devastado, esmagado pelos urros que enchem o estádio.

— Pobre Babo — disse *El Gato*, em voz baixa.

Faustino recostou na cadeira e fez um gesto desesperado.

— Mas ele *nunca* faz isso. Ele havia marcado cada um dos últimos dezoito pênaltis. Que diabos ele achou que estava fazendo?

— Bom, nem mesmo o Babo tinha ficado sob tamanha pressão antes daquilo — disse *Gato*. — Ele sabia que era crucial, vital, em termos psicológicos, que a gente fizesse o gol naquele primeiro pênalti. Não fiquei exatamente surpreso por ele errar. Mas foi aí que eu comecei a sentir o pequeno verme do medo me mordiscando. Era possível, afinal de contas, que a Copa do Mundo me escapasse pela segunda vez. Pela última vez. Foi difícil deixar minhas dúvidas de lado enquanto eu esperava o Tauber se ajeitar para bater o segundo pênalti da Alemanha.

— E você defendeu — disse Faustino. — Olha aí.

Gato viu a si mesmo voando para a direita e tocando na bola de Tauber com a ponta dos dedos, jogando-a para fora.

— Excelente defesa, meu amigo — exultou Faustino. — O Tauber colocou muita força naquele chute.

— Não foi tão difícil quanto parece. Eu deixei a ele um pouquinho mais de espaço à minha direita e ele caiu feito um pato. E eu pude ver, pela posição do corpo, que o chute ia ser no alto.

— Certo, agora vem o Masinas — disse Faustino, inclinando-se mais para perto da tela. — Esse é bom.

— Sim, o gol de um verdadeiro capitão. Olha, bem aqui, está vendo? Ele bate a bola algumas vezes, do jeito mais casual possível, no trajeto até o gol. E agora ele sorri para o juiz e diz algo e o juiz sorri, também. Mas esse showzinho é mais para o Graaf, na verdade. E ele funciona. O Walter fica muito nervoso. Masinas simplesmente deixa a bola cair na marca, não a ajusta nem nada. Sequer olha para o Walter. E lá vai: olha só isso! Um chute simples lateral que faz Walter ir para o lado errado e pá. Um a um. Excelente. Como se a gente estivesse só treinando.

Paul Faustino olhou para o amigo e sorriu com seus botões. *Gato* estava assistindo aquilo com um prazer e uma alegria simples, como os de um fã adolescente. Talvez ele fosse um ser humano normal, no fim das contas.

— Então — disse Faustino, voltando a se concentrar na tela — um pênalti para cada time e a vitória pode ser de qualquer um. E agora você enfrenta o Jan Maschler, o jovem meio de campo. Ele estava bem, eu acho.

— Sim, e eu nunca tinha jogado contra ele antes. Aquela era só a sua terceira partida pela Alemanha. Fiquei surpreso por ele ser escolhido para bater o pênalti. Eu não tinha a menor ideia do que esperar. Ele é canhoto, então obviamente eu achei que, se ele fosse chutar com força, mandaria a bola para a minha esquerda, mas que, se virasse o corpo na corrida, tentaria bater com a parte de fora do pé e mandar para a minha direita. Mas eu estava errado nessas duas apostas. Olha aí.

Os dois homens ficaram olhando para a tela. Para Faustino, foi como se *El Gato* tivesse partido tarde demais para fazer a defesa, um mergulho rápido para a direita. Mas se ele tivesse saído antes, não teria conseguido parar o chute de Maschler com as pernas, que foi o que aconteceu. Maschler mandou a bola exatamente para o ponto que *Gato* havia abandonado, no centro morto do gol. Mas o goleiro tinha tudo perfeitamente cronometrado, Faustino percebeu. Vendo o *replay* com atenção, ele viu que *Gato* pareceu flutuar, só por um segundo, imóvel no ar, e lançar um olhar para baixo, para o outro lado do corpo, e de alguma maneira conseguiu fazer com que as pernas chegassem à bola, que saiu com força, à direita.

— Paul, se você falar que eu só defendi por sorte, nunca mais falo com você — disse *Gato*.

Faustino riu.

— Depois de hoje, nunca mais vou usar a expressão 'defendeu por sorte', prometo — disse ele. Voltou a olhar para o vídeo. — Lá vem o Paolo da Gama.

Ficaram olhando da Gama arrumar a bola de um jeito preciso na marca do pênalti. A câmera cortou para Walter Graaf, que parecia muito confiante em seu lugar.

— Nunca duvidei que Paolo pudesse fazer o gol. Eu teria confiado a ele o primeiro pênalti, se pudesse escolher. Ele sempre aparece nos jornais, dando uma de *playboy*, nas festas. Mas ele tem sangue gelado nas veias. Olha só o que ele faz. O Walter não tem nenhuma chance.

Observaram da Gama aproximar-se da bola, numa corrida curta, enganosa, baixando o ombro errado, e o modo como bateu na bola, nem um pouco rápida, para dentro do gol. Graaf mal se moveu. Da Gama saiu discretamente do quadro, sem celebrar, sem provocar ainda mais o aplauso da torcida em delírio, que soava tão alto no escritório de Faustino que parecia sólido.

Mais uma vez, a câmera mostrou *Gato* em *close* sob as traves; e então passou para Tobias Mann, o enorme zagueiro alemão, que arrumava a bola para o quarto pênalti da Alemanha.

E então, enquanto Mann se afastava da bola para dar uma longa corrida, *Gato* disse:

— Em geral, zagueiros grandes como Mann se apoiam mais na força do que na precisão. E tudo bem. Afinal de contas, só são onze metros da marca do pênalti até a linha de gol, e alguém como Mann pode fazer a bola percorrer essa distância em menos de um segundo. A gente não tem tempo para pensar ou calcular. Tudo o que podemos fazer é tentar pregar uma peça na mente do jogador que bate o pênalti. E as probabilidades estão contra o goleiro, porque ele não pode se mover até o outro chutar, como você sabe. Então, eu trapaceei.

Faustino apertou o botão e parou o vídeo.

— Você fez o quê?

— Eu trapaceei.

Os dois estavam olhando para a tela, que agora mostrava Mann congelado numa postura carrancuda, com as mãos nos quadris, levemente inclinado para frente, encarando *El Gato* de modo desafiador.

— Como assim, você trapaceou? — Faustino quis saber.

— Eu já vi isso inúmeras vezes e nunca vi você fazer nada de errado.

El Gato se mexeu na cadeira e olhou para o jornalista.

— Eu tinha percebido uma coisa no juiz — disse ele. — Uma coisa pequena. Ele deixava tudo pronto, verificava tudo, confirmava com os assistentes, e apitava para autorizar o chute. Mas, parado ali na linha da área, ele sempre, no último momento, deixava de olhar para o goleiro — fosse eu ou Walter Graaf — para ver o chute. Ele não virava a cabeça, nem nada assim óbvio, mas movia os olhos para a bola naquele segundo antes de o jogador dar o chute. Ele não conseguia evitar. Então usei isso a meu favor. Você pode passar o vídeo quadro a quadro?

— Hã, sim, acho que sim — disse Faustino, atrapalhando-se com o controle. — Pronto.

A tela agora mostrava imagens nervosas de Tobias Mann partindo para cima da bola feito um touro atrás do toureiro. E então, por um breve segundo, logo antes do alemão chutá-la, a câmera cortou para *Gato*.

— Congela aí, Paul — disse *Gato*.

Faustino ficou olhando para a imagem.

— Você se adiantou — disse ele. — Mais ou menos meio metro. E você está apontando, é isso? Sim, você está apontando para o canto inferior direito do gol. Você está dizendo para o Mann onde ele deve chutar!

— Sim — respondeu *Gato* —, e eu coloquei todo o peso do corpo no pé esquerdo, só para tentá-lo um pouco mais, fazê-lo pensar que ia para o outro lado.

— Mas ainda não entendi — disse Faustino, perplexo. — Digo, o Mann já sabia o que ia fazer. Você não está me dizendo que o persuadiu a tentar algo diferente no último instante, está?

— Não exatamente. Mas o que eu fiz foi colocar outra ideia na cabeça dele, outra possibilidade. Até aquele último décimo de segundo o único pensamento dele era fazer a bola entrar a toda velocidade dentro do gol. Onde, exatamente, não importava muito. Mas aí eu coloquei outra opção na cabeça dele, e era tarde demais para ele distinguir entre as duas. Eu mexi um pouco com a cabeça dele. É por isso que ele erra.

Os dois homens observaram o feroz chute de Mann passar ao lado da trave direita, inofensivo.

Faustino, sorrindo, olhou para *Gato* e disse:

— Sabe de uma coisa? De todas as palavras que eu poderia usar para te descrever, eu jamais pensaria em *trapaceiro*. Mas isso aí foi verdadeiramente uma coisa de trapaceiro. Estou chocado.

Gato não tirou os olhos da tela:

— Eu precisava ganhar esse jogo — disse.

— Você deve ter achado que tinha conseguido — disse Faustino. — Você defendeu três pênaltis seguidos, o que é incrível. O placar está em dois a um e agora é a nossa vez. Se Fidelio fizer o gol, acabou.

A câmera focalizou brevemente os jogadores que não estavam envolvidos naquele momento crítico. A maioria dos alemães está agachada na grama, sem coragem de olhar. Lindenau está andando para cá e para lá no círculo central, fazendo gestinhos raivosos, falando sozinho. Tauber, o capitão, de braços cruzados, observa sério enquanto Fidelio pega a bola e a leva para a marca de cal. O barulho, a onda de urros da torcida, agora é quase insuportável.

— Isso é horrível — murmurou Faustino.

— Graaf está soberbo aqui — disse *El Gato*. — Eu o admiro muito por isso. Ele sabe que precisa impedir esse gol. E, até agora, ele não conseguiu tocar na bola em nenhum dos nossos pênaltis. Mas ele sabe que o medo que Fidelio sente é maior do que o dele. Ele sabe que será perdoado se não defender um pênalti. Mas Fidelio não tem certeza se *ele* vai ser perdoado se não conseguir ganhar a Copa do Mundo com esse chute. É o chute mais importante, talvez o momento mais importante, de sua vida. E aqui, olha, Walter para no meio do caminho até a linha do gol para mexer nas luvas. Fidelio já está posicionado para iniciar a corrida, mas precisa esperar e olhar. Só por cinco segundos, mas são mais cinco segundos de terror. Walter fica na linha. Ele parece alguém que está esperando um ônibus. Tudo na atitude dele sinaliza para Fidelio que ele não vai conseguir.

Na tela, Graaf se joga para a esquerda para bloquear a bola rasteira de Fidelio, que não saiu com força suficiente. Graaf defende a bola com o antebraço e ela rola sem rumo para fora da tela. O estádio explode em barulho e foguetes enquanto milhares de torcedores alemães urram o hino nacional.

Faustino suspirou, encostado na cadeira:

— Então Graaf mantém o time vivo — disse ele. — O

placar continua dois a um. E agora é com você, *Gato*. O seu último pênalti dos cinco. Tem certeza que quer ver?

— Sim. Acho que o Rilke bate um pouco errado na bola, mas não tenho certeza.

Faustino ficou olhando incrédulo para ele. Qualquer jogador normal, pensou ele, preferiria se esconder num porão escuro a reviver uma coisa daquelas.

El Gato assistiu a si mesmo sendo batido pelo meio de campo alemão sem fazer nenhum comentário.

Faustino escolheu ficar em silêncio, também.

Quando o *replay* em câmera lenta apareceu, *Gato* se aproximou da tela.

— Eu estava certo — disse ele. — Fique olhando. O Rilke está sentindo a mesma pressão que o Fidelio sentiu, mas não demonstra. Ele começa a corrida, não muito comprida, uns seis passos. Ele dá uma gingadinha, mas eu não caio. Ele visa o canto superior direito, tenho certeza, então já estou no ar quase antes de ele atingir a bola, porque eu sei que ele vai bater com muita, muita força. E sim, ele escorrega o pé sobre ela, só um pouquinho. A bola saiu um pouco da rota. Antes que eu possa ajustar meu corpo, a bola atinge meu ombro e entra.

Ele soava *satisfeito*, pensou Faustino.

— Certo — disse Faustino. — Dois a dois. Depois de duas horas e quinze minutos, tudo depende de Mano Elias. Ele pausou o vídeo quando o lateral esguio caminhava lentamente até a marca do pênalti. Sua camisa roxa e dourada parecia grande demais. — Qual devia ser a sensação, ser ele naquele momento? — perguntou Faustino. — Não consigo imaginar. Nem *quero* imaginar. Vinte anos de idade e o mundo inteiro olhando para você.

— A câmera agora mostrava pequenas seções da torcida em rápida sequência. Rostos, rostos. Rostos pintados em cores lambuzadas, rostos com uma expressão de tensão terrível, olhos fechados e dentes à mostra. Algumas pessoas rezavam; uma seção dos fãs alemães urrava e apontava para Elias, tentando minar sua concentração ou sua força de vontade; uma mulher apareceu congelada, numa expressão que parecia de puro terror, com todos os dedos enfiados na boca. Cada cena, pensou Faustino, parecia uma pintura de um hospício no inferno.

Como se tivesse tido o mesmo pensamento, *Gato* disse:

— Sim. Demais, demais. Era o inferno na terra naquele momento. O barulho era alto o suficiente para fazer os ouvidos sangrarem. Olhei para Graaf e olhei para Mano, e eu soube que ele não ia conseguir. Soube bem lá no fundo, como um bloco de gelo dentro de mim.

Ele e Faustino viram o chute de Elias atingir a trave esquerda de Graaf e desaparecer da tela. Faustino apertou às pressas o controle do volume no controle remoto quando a torcida alemã se levantou, e a câmera intercalava entre ela e Elias, ajoelhado, desolado, querendo morrer.

— Pobre rapaz — murmurou Faustino. — Do ponto de vista dele, o mundo inteiro acaba de vê-lo jogar fora a Copa do Mundo. Imagino que ele só queira enfiar a cabeça na terra e ficar lá.

Sem som, os dois homens assistiram às preparações para o confronto final dos pênaltis. Assistiram aos dois times enquanto se juntavam e conversavam. Havia uma diferença óbvia entre os dois.

— Os alemães estavam bem mais animados do que a gente — disse *El Gato*, em voz baixa. — Era como se eles tivessem voltado dos mortos. Dá para ver, só de olhar, que eles tinham a sensação de que, apesar de tudo, estavam destinados a ganhar. Ali, olha: dá para ver Tauber e o técnico alemão escolhendo quem vai chutar, e ninguém desvia o olhar. Lindenau está até sorrindo. Agora olhe só para o nosso time.

A câmera cortou para a outra metade do círculo central. Masinas estava se movimentando entre os jogadores, tentando desesperadamente levantar o moral. Mas Aldair e Gento estavam sentados, olhando para o chão, tentando ficar invisíveis. O técnico, Badrenas, segurava Carlos Santayana pelo braço, mas Santayana estava se afastando, balançando a cabeça. Da Gama estava com os braços ao redor de Mano Elias, que chorava sem parar.

— E você, meu amigo? — perguntou Faustino. — Você parece calmo, ali. Como você estava se sentindo?

El Gato riu, mas não do jeito que se ri de uma piada:

— Exausto — respondeu ele —, totalmente exausto. A essa altura, já havia se passado mais ou menos três horas desde que a gente saiu daquele túnel para esse, esse… *caldeirão* infernal de barulho e luzes. Eu me sentia abatido. Pior, estava perdendo uma batalha contra mim mesmo. Eu queria aquela coisa —, disse ele, apontando por cima do ombro para a Copa do Mundo ainda brilhando sob a luz da luminária —, mais do que podia imaginar querer qualquer outra coisa. Cheguei perto dela, dois jogos de distância, quatro anos antes. Durante todo esse jogo, até o último chute de Elias, eu tinha me agarrado à esperança de que ia conseguir dessa vez. Agora eu já não tinha mais essa certeza. Uma parte de mim acreditava que, depois de tudo que eu tinha feito, eu nunca conseguiria. Eu estava tentando matar essa parte de mim, a parte que duvidava. E eu não estava conseguindo.

— E, mesmo se sentindo assim — disse Faustino, os olhos grudados na tela —, você vai até o gol para enfrentar outro pênalti.

Vou te dizer uma coisa, *Gato*, não parece que você está sentindo um pingo de dúvida. Se você estava se sentindo do jeito que está dizendo que estava, você merece um Oscar, além da Copa do Mundo.

Foi o meia alemão, Christian Klarsfeldt, que, debaixo de uma chuva terrível de urros, assobios, gritos e xingamentos, apareceu para chutar.

— O cara tem coragem — disse Faustino. — Ele na verdade se *ofereceu* para bater o pênalti.

— Sim, eu sei — disse *Gato*. — E saber disso não me ajudou nem um pouco.

— O que você achou que ele fosse fazer? Você conseguiu interpretar o que ele faria?

— Não muito — disse *Gato*. — Ele é destro e não faz muitos gols. A gente viu uma penca de vídeos dos jogadores alemães na semana anterior ao jogo, é claro. Não havia nenhum do Klarsfeldt batendo um pênalti. Pelo que eu sabia, ele nunca tinha batido um. E olha, ele coloca a bola na marca de costas para o gol.

— É — respondeu Faustino. — Que coisa estranha de se fazer. Que diabos ele queria com isso?

— Ele quer me mostrar o traseiro enquanto se inclina para colocar a bola. É uma brincadeira, um insulto. Um BMB.

— Um o quê?

Gato sorriu e disse:

— Tente adivinhar, Paul. O primeiro B é para 'Beije'.

Faustino riu:

— Ah, tá. Você deve ter adorado aquilo.

— Foi por isso que eu fiz a defesa — disse *Gato*.

A defesa, pensa Faustino enquanto assiste, é simplesmente genial. Mesmo em câmera lenta, é difícil entender como foi feita.

Klarsfeldt corre e se aproxima da bola meio de lado. Klarsfeldt só tem um pé bom, o direito. O ângulo da corrida sugere que ele vai virar o pé e mandar a bola com força para a direita de Gato. E também sugere que ele vai levantar a bola, porque só especialistas como Lindenau conseguem transformar isso em um chute rasteiro. E *Gato* parece não ter entendido o movimento. Ele vai com tudo na direção errada, jogando o peso para o pé esquerdo. E Klarsfeldt levanta os olhos por um instante e vê isso. Então, Faustino percebe, se Klarsfeldt tivesse tido a intenção de mudar a direção do chute, ou tivesse só pensando a respeito, ver *Gato* de relance se preparando para ir para a esquerda foi o que o fez decidir. Ele decide chutar para a direita. E o que *Gato* faz é dar o impulso com a perna errada, a esquerda, em direção à bola. No começo parece desajeitado, depois fica bonito. O homem *voa*. O braço esquerdo de *Gato* está alto; é como se ele fosse agarrar o travessão e ficar dependurado. O braço direito se estica; sua mão enorme se abre e bate na bola, lançando-a por cima do gol.

Faustino olhou para *Gato* e viu que ele estava sorrindo:

— Não foi nada de mais, Paul. Eu tinha noventa por cento de certeza de que Klarsfeldt ia chutar naquele canto. Ele também. Tudo o que eu fiz foi deixar nós dois com cem por cento de certeza. Só tirei a dúvida da equação.

Na tela, a câmera passeou pela torcida novamente. Dessa vez, os torcedores alemães estavam de cabeça baixa. Faustino viu um jovem casal, os rostos pintados com listras horizontais pretas, vermelhas e douradas, abraçados como se estivessem num funeral, não num jogo de futebol. A câmera cortou para Walter Graaf enquanto ele caminhava para o gol. No momento em que Graaf parou e olhou em volta, estupefato, Faustino parou o vídeo mais uma vez.

E disse:

— E finalmente chegamos ao último ato. Chegamos, *Gato*, no ponto em que você faz aquela sua coisa. A coisa sobre a qual todo mundo nesta cidade, neste país, e pelo que sei no mundo todo, está falando há dois dias.

Gato não disse nada, aparentemente observando o goleiro alemão congelado na tela.

Faustino disse:

— Preciso saber exatamente o que estava se passando na sua mente. Explique para mim o que você estava pensando, o que estava sentindo.

Explicar? Seria possível? *Gato* achou que não. Ele não conseguiria explicar essa última coisa. Porque não havia como dizer, ou porque ele já havia dito.

Ele havia apanhado a bola do ponto para o qual um menino de moletom a havia rolado, sem saber por quê. Sua parte naquilo já tinha chegado ao fim. Mas ele segurou a bola e olhou para o campo e viu os olhos de Masinas. Masinas falou, ou então sua boca se mexeu. Sem palavras. Sem nenhum som. O ribombar gigante da torcida diminuiu, como se fosse uma onda, e não voltou. Ele estava com quinze anos de idade, andando como se estivesse no sonho de alguém, através de uma multidão de madeireiros, afastando-se de seu surpreso pai, caminhando por um campo de futebol rudimentar desenhado com giz na terra vermelha. Havia um ponto branco a onze metros do gol, um ponto sobre o qual tudo dependia — sua vida e a vida e a morte de outros. Suas pernas o levaram até lá, passando por um homem chamado Walter Graaf, que parecia submerso na água, mas ainda conseguindo respirar. Nada daquilo importava. Viu suas próprias mãos colocarem a bola no ponto branco meio apagado, e naquele momento a onda que tinha sido retardada voltou, a onda de som. Urros, assobios, a vibração no ar de milhões e milhões de insetos, o vento forte e implacável soprando em meio às arvores, batendo nele. Olhou para cima, para a luz forte das centenas de luas brilhantes que queimavam, apagando sua sombra. A luz e o som faziam parte dele e ele fazia parte delas. Ele olhou para o gol, para o ponto onde, há alguns instantes ou há uma hora, ele havia visto o homem que se afogava, Graaf. Um garoto assustado, um garoto chamado Cigüeña, *estava ali, só braços e pernas e mãos nervosas. A muralha escura da floresta erguia-se atrás do garoto. Por um breve instante, ele sentiu pena do* Cigüeña, *sabendo que teria de destruí-lo. Sentiu pena do menino porque o trajeto que a bola faria passaria por ele e iria direto para a rede e o menino não conseguiria ver. Mas ele se afastou da bola mesmo assim. Ficou parado e olhou dentro dos olhos do menino, seus próprios olhos, os olhos de Graaf, e viu o medo neles. Fez de tudo para que o medo fosse forte e profundo antes de começar a correr. O contato com a bola foi lindo; era como se ele tivesse transformado o voo da bola na própria rede. Em meio aos urros absurdos que vinham da floresta, ele ouviu o sibilar da bola contra a rede. A alegria cresceu dentro dele, esticando-se feito um grande felino depois de matar sua caça, e a tempestade dizia:* GATO, GATO!

— *GATO*?

Ele estava próximo da janela, percebeu. Havia um tom amarelo sujo no céu, e a noite se separava em diferentes tipos de escuridão, com diferentes profundidades. As estrelas morriam. Raiar do dia.

— *Gato* — disse Faustino novamente. — *Gato*, você não disse nada. Anda. Senta e conversa comigo. O que eu vou escrever? O que vou dizer?

— Diga que eu fiz o que precisava fazer — disse *El Gato*.

Faustino olhou para o homem recostado na janela — o mesmo homem que, na tela, estava sendo carregado sobre os ombros de seus colegas com a taça do mundial nas mãos.

— Estou cansado — disse *Gato*. — A gente pode rever o filme depois. Temos todo o tempo do mundo.

Faustino manteve o tom de voz sob controle:

— Meu amigo, nós não temos todo o tempo do mundo.

E voltou à sua mesa, sentou e mostrou as três fitas que havia gravado, e havia ainda uma quarta no gravador. Do jeito mais calmo que conseguia, disse:

— Nós conversamos a noite toda. Tenho material mais do que suficiente aqui para três artigos muito bons. Você tem ideia do trabalho que eu vou ter editando tudo isso? Mesmo se eu pudesse ficar sem dormir mais umas dezoito horas, seria difícil colocar o primeiro artigo na edição de amanhã. Então vamos, por favor. Me fale sobre aquele último pênalti.

El Gato foi até a mesa e sentou do outro lado, de frente para Faustino:

— A gente faz essa entrevista depois — disse ele.

Faustino perdeu a paciência:

— Deus do céu, *Gato*! Você não ouviu nada do que eu disse?

O goleiro sequer piscou. E disse:

— Você não ouviu nada do que *eu* disse, Paul?

— O quê?

— Paul, eu te disse coisas hoje que nunca ousei dizer antes. Para ninguém. Você acha que eu fiz isso só para entreter os seus leitores?

De repente Faustino ficou com a expressão de um homem que havia acabado de encontrar uma cobra dentro do carro:

— Do que diabos você está falando?

Sem tirar os olhos do outro homem, *Gato* disse:

— Nada disso, nada do que eu te disse hoje, vai aparecer no seu jornal.

Faustino levantou como se alguém tivesse dado uma descarga elétrica em sua cadeira. Espalmou as mãos sobre a mesa e inclinou-se para perto da lâmpada que, iluminando seu rosto por baixo, deu-lhe uma aparência enlouquecida, fantasmagórica.

— *O quê?* O que é isso, *Gato*? Você está tentando me dizer que tudo isso que você me contou foi em *off*? É isso? Agora deixa *eu* te falar uma coisa. Pois não é. Você concordou em dar esta entrevista. Você aceitou a porcaria do dinheiro. E eu vou publicar. E não tem nada que você possa fazer para me impedir.

O goleiro levantou as mãos com as palmas na direção de Faustino:

— Paul, me escuta. Eu não estou tentando te impedir de publicar isso. É o que eu quero que você faça. Senta. Por favor.

Faustino acabou sentando.

Gato disse:

— Tem uma coisa na qual eu quero que você pense.

Faustino já estava pensando. Estava pensando nas vendas perdidas. Estava pensando no bônus perdido, ou talvez que perderia seu emprego. Estava pensando nos processos.

O goleiro disse:

— Paul, quero que você escreva um *livro*.

— Um o quê?

— Um livro, Paul. Olha, se tudo isso virar um artigo de jornal, o que vai acontecer com essa história? Ela vai acabar na lata do lixo, com todas as outras. O que as pessoas vão aprender com ela?

— O que elas vão aprender — disse Faustino, com um tom de raiva na voz — são várias coisas fascinantes sobre o homem que acaba de ganhar a Copa do Mundo. Você tem algum problema com isso?

— Sim — respondeu *El Gato*. — Eu tenho um problema com isso. Porque, por melhor que você escreva a história, ela vai ser só sobre mim. É assim que você vai vender o jornal, colocando o meu nome na capa. Mas a história que eu te contei hoje não é só sobre mim. É sobre vários tipos de pessoas. Sobre animais, sobre a floresta. Grande parte dela é sobre um fantasma, um gênio, um xamã, um feiticeiro, uma pessoa que não existe e que não tem nome. Você acha que um jornal que vai parar no lixo é o melhor lugar para uma história dessas?

Faustino entrelaçou as mãos sobre o topo da cabeça, como se para impedir que ela explodisse:

— *Gato*, *Gato* — disse ele. — Mas que diabos você está fazendo comigo? Eu sou um *jornalista*. Sou assalariado. O seu agente e a minha chefe fizeram um acordo, um acordo para uma entrevista exclusiva. Tudo bem, eu vou entregar com um dia de atraso, mas, quando ela vir o que eu trouxe, talvez até passe a gostar de mim um pouquinho. Aquela mulher durona talvez até passe a me adorar. A gente poderia vender um milhão a mais de jornais. E você está me pedindo para não dar essa história para ela? Você está louco.

— Se a história pode vender um milhão de jornais, ela pode vender um milhão de livros — disse *Gato*.

Faustino soltou um longo suspiro. Depois levantou, pegou seu cigarro e seu isqueiro e foi até a janela iluminada. Acendeu o cigarro de frente para ela. Depois de três tragadas profundas, parecia mais calmo.

— Uma história de fantasmas. E eu serei o *ghost writer*, o escritor fantasma. É isso?

O goleiro riu:

— Sim. Boa ideia. E já tenho um título: *Guardião*. Que tal?

Ainda de frente para a janela, Faustino deu de ombros:

— Legal. Sei lá, tanto faz. — Ele virou e encarou o goleiro. — Olha, vou ser honesto com você. Você não consegue me fazer acreditar nessa coisa do Goleiro. Todos esses elementos sobrenaturais... Eu sei que você não está mentindo para mim. O problema é que eu também não consigo acreditar.

Ainda sorrindo, *Gato* disse:

— Eu sei que não. Você deixou isso bem claro.

— Deixei?

— Ah, sim. Mas não importa. Você é um bom escritor. Você consegue escrever sobre coisas nas quais não acredita.

Paul Faustino havia escrito três livros. O último tinha uma bela foto dele na quarta capa. Ele sabia o quanto era boa a sensação de segurar nas mãos algo que você mesmo havia escrito, algo sólido, consistente. Ele não admitia para ninguém, mas várias vezes havia digitado seu próprio nome num site de busca da internet e ficado maravilhado quando via aquela foto aparecer na tela. Mas aquele tinha sido um livro fácil de escrever, na verdade. Só uma coleção de casos esportivos que havia compilado, coisas que tirara de seus arquivos. *El Gato* parecia estar pensando em algo totalmente diferente. E Faustino não sabia se tinha cacife para isso.

— Não sei — disse ele.

Gato esperou. Era como provocar um atacante do time adversário. Ele podia sentir que o jornalista começava a se imaginar como um Escritor com E maiúsculo. Em alguns minutos, Faustino começaria a pensar no dinheiro. *Gato* estivera no carro de Faustino, um Jaguar importado que precisava de reparos a cada dois meses, mais ou menos. E ele conhecia roupas o suficiente para ter uma estimativa aproximada do quanto Paul havia pagado pelo paletó que estava usando. Então ele ajudou seu amigo a pensar no dinheiro.

— Acho que você não pensou nisso, Paul, mas você sabe quanto ganharia por essa história se ela fosse publicada como artigo no jornal? Um bônus legal, além do seu salário? Talvez uns dois mil? Não tenho ideia do quanto podemos ganhar com o livro, mas...

Faustino voltou para a mesa. Soltou fumaça através dos lábios contraídos. Apagou o cigarro com força no cinzeiro:

— Sim, está bem, talvez. Gostei da ideia. Mas me escute, por favor. Você fala de dinheiro. O meu jornal está te pagando uma determinada quantia, não sei nem quero saber quanto, por esta entrevista. E agora eu te pergunto: o que vou dizer para a minha editora quando chegar ao escritório dela e disser que não tenho entrevista? Que estou guardando tudo para um livro? Ela vai me esfolar vivo, *Gato*, e pregar a minha pele na parede para servir de aviso para os outros jornalistas. Eu não posso fazer isso.

— Você vai dar a ela uma entrevista. A gente também vai fazer isso.

— Mas, *Gato* — disse Faustino — ou, para descrever melhor, choramingou —, ela pagou por uma exclusiva! Algo especial! Você sabe o que isso significa?

— Claro que sei o que significa. E se eu der a você e a ela uma exclusiva, você faz o livro comigo?

— Que exclusiva?

— Eu vou parar — disse o melhor jogador do mundo.

— Como assim?

— Parar. Me aposentar. Acabamos de assistir ao meu último jogo.

— *Quê?* — O som que saiu da boca de Faustino parecia o ganido de um cão ferido.

PAUL FAUSTINO TINHA parado de andar para lá e para cá, de fumar e de despentear o cabelo com as mãos, e havia sentado de novo do outro lado da mesa.

— A primeira coisa que eu preciso te perguntar, *Gato*, é se você contou isso para mais alguém. O seu clube sabe? E Badrenas sabe? Badrenas é o melhor técnico que a seleção teve em vinte anos, mas eu não gosto dele e ele não gosta de mim. Se ele descobrir isso com um artigo meu, ele vai me matar. Acho que vai, mesmo.

— O Badrenas sabe — respondeu *Gato*. — Ele já sabe há algum tempo. Eu contei para ele antes da final. O meu clube também sabe. Eu confirmei minha decisão com Luis Ramírez antes de vir para cá ontem à noite.

Faustino ficou agitado:

— Mas se eles sabem, eles já devem ter avisado à imprensa! Todo mundo vai saber!

— Não. Eles estão esperando que você ligue para eles hoje de manhã. Nas próximas horas, na verdade. E aí eles vão confirmar a minha decisão, mas só para você. E vão dar a você declarações para a matéria. Amanhã à tarde, Badrenas, Luis e eu vamos fazer uma coletiva. Mas a essa altura você já vai ter a história circulando durante quase um dia. Eu os fiz prometer. Eles me devem isso, afinal de contas. Ah, e tem isso aqui também.

Gato tirou um envelope do bolso interno do paletó.

— Isto aqui é a minha declaração pessoal sobre os motivos por que estou me aposentando. Escrito em forma de carta. Uma carta endereçada a você, pessoalmente. Você pode publicar nesse formato. Vai ser bem inesperado.

Faustino recostou na cadeira e olhou para o goleiro. Seu rosto estava imóvel a princípio, mas aí um sorriso foi surgindo como se fosse o sol nascendo. Ele levantou, foi até o telefone e tirou-o da parede. Antes de pressionar os botões, ele virou de volta para a mesa.

— Eu sempre quis dizer isso — disse ele.

Apertou os botões, esperou dois segundos e disse:

— Vittorio? Segure aí a primeira página.

Faustino fez duas ligações demoradas, e enquanto isso *El Gato* ficou esperando pacientemente.

— Desculpe, *Gato* — disse o jornalista quando finalmente sentou de novo à mesa.

O goleiro fez um gesto de que estava tudo bem. Faustino ligou o gravador.

— Bom, mas por quê? — perguntou. Você está com trinta anos, o que não é nada velho para um goleiro. Está no auge. Está jogando melhor do que nunca, na minha opinião. E você ganhou isto aqui — disse Faustino, dando um tapinha na taça. —

Então por que se aposentar agora? Você ainda tem muito jogo pela frente.

Gato disse:

— Os motivos, aqueles que quero que os outros saibam, estão na carta. Mas você acaba de responder à sua própria pergunta, Paul. Sim, eu tenho muito jogo pela frente. Tenho toda uma vida pela frente, se Deus quiser, e quero fazer alguma coisa com ela. Algo mais importante do que futebol.

Faustino encolheu-se, horrorizado, erguendo as mãos como se estivesse se protegendo de uma aparição malévola:

— Mais importante do que futebol? — gritou ele. — Não acredito que acabo de ouvir você dizer isso.

Agarrou o gravador e falou lentamente, cuidadosamente:

— O melhor jogador do mundo, o grande *Gato*, acaba de anunciar que existe algo mais importante na sua vida do que futebol. Dentro de instantes, quando ele parar de rir, eu, Paul Faustino, vou desafiá-lo a revelar que coisa é essa.

Durante alguns instantes, o gravador registrou dois homens rindo feito meninos no banheiro da escola.

Finalmente, Faustino disse:

— Certo, meu amigo, e o que é? Você está planejando dominar o mundo, é isso?

— Não exatamente. Só salvar parte dele.

— E o que você quer dizer com isso? — perguntou Faustino, ficando sério.

— Eu devo muito à floresta — respondeu *Gato*. — E agora quero retribuir.

— Ai, meu Deus — disse Faustino. — Você está me dizendo que vai desistir do futebol para se tornar um conservacionista? Um desses ecologistas hippies que ficam fazendo campanha?

— Mais ou menos isso — respondeu o goleiro. — E você vai virar um também.

— Vou?

— Claro. Você vai escrever o livro comigo.

— Ei, espera aí um pouco — disse Faustino. — Se, e ainda é um se, eu fizer esse livro, vai ser porque o mundo está interessado em você. E, para ser franco, porque vai dar dinheiro. E eu não sou nenhum santo. Não vou dar o dinheiro para alguma filantropia que cuida das florestas tropicais.

— Ninguém está esperando que você dê. A gente vai dividir os lucros do livro. O que você vai fazer com o seu dinheiro é problema seu. E o que eu vou fazer com o meu dinheiro é problema meu.

O jornalista recostou na cadeira e ficou batucando os dedos na mesa. Ficou sem falar nada durante algum tempo.

— Então esta é que vai ser a minha manchete no *Nación* amanhã, é? '*El Gato* abandona o futebol para salvar as florestas'?

O homem grandalhão chegou mais para perto da luminária e ficou com os olhos fixos em Faustino.

— Não, de jeito nenhum — disse ele —, porque isso vai me fazer parecer um maluco. Eu te proíbo, Paul, de verdade. E, além de tudo, isso vai estragar a surpresa do livro quando ele sair. Você percebe, não é?

Sim, Faustino percebia.

— E tem outra coisa — disse *Gato*. — É que eu ganhei isto aqui, como você diz. — Ele colocou a enorme mão sobre o crânio dourado do troféu. — O que mais eu posso querer? Em termos de futebol, eu já fiz o que estava determinado a fazer. O que precisava fazer. Quatro anos atrás, quando a França nos tirou da Copa nas semifinais, eu fiquei inconsolável. O resto do time também ficou, é claro, mas aquilo foi particularmente amargo para mim. Eu me senti como alguém que vai escalar o monte Everest e é obrigado a desistir a poucos metros do topo. Agora, eu cheguei lá. Quatro anos depois do que imaginei, mas cheguei.

Faustino desligou o gravador, levantou e se espreguiçou:

— Tem algumas coisas que eu preciso fazer. Mais um telefonema. Desligar as coisas aqui. E aí a gente vai e toma um café da manhã bem servido. Tudo bem? Daqui a cinco minutos?

El Gato tirou os olhos da taça:

— Claro. Como quiser — respondeu ele. — Tudo bem se eu der uma olhadinha na *Biblioteca Paul Faustino de Conhecimentos Inúteis*?

Faustino já estava com o telefone na mão:

— Fique à vontade — disse ele, e então começou a falar rápido ao telefone.

Ainda estava falando quando *Gato* saiu da salinha adjacente e disse:

— Paul?

Havia algo, alguma vibração na voz dele, que fez Faustino olhar na hora. O goleiro estava com um livro nas mãos. Faustino reconheceu o que era. Não era exatamente um livro, e sim um álbum de fotos. Um álbum velho, com capa acolchoada de couro marrom esmaecido. *Gato* o segurava aberto e não tirava os olhos dele.

— O que foi, *Gato*?

O goleiro colocou o álbum sobre a mesa, sob a luz da luminária, ao lado da taça. Havia tamanha intensidade no modo como o homem alto olhava para o álbum que Faustino disse para a pessoa do outro lado da linha:

— Te ligo de volta — e desligou. Foi até a mesa.

— Que time é esse? — perguntou *Gato*.

Faustino olhou para a foto, uma foto em preto e branco presa na página com cantoneiras amareladas. Nela havia onze jogadores posando em grupo de um jeito antiquado: cinco na frente, agachados, seis jogadores atrás, com os braços cruzados. Um homem baixinho usando um terno horrível estava no fim da fileira de trás. O homem atarracado ao meio, na fileira da frente, era obviamente o capitão do time. Ele estava com a mão sobre uma bola. As camisas que estavam usando tinham golas altas e listras largas, verticais. Debaixo da fotografia, escrito à mão e já meio apagado, havia uma lista de nomes que correspondiam às posições dos jogadores na foto.

— Você não sabe? — perguntou Faustino.

— Paul, eu não estaria perguntando se soubesse — respondeu *Gato*. Havia impaciência em sua voz.

— Desculpe — disse Faustino. — Só estou surpreso. Mas acho que não deve ter muitas fotos desses caras. Essa era a seleção, entre 1948 e 1950. O melhor time que a gente já teve, ou pelo menos é o que dizem. Os Desaparecidos.

— Os Desaparecidos? Como assim? — perguntou *El Gato*, sem tirar os olhos da foto.

— Eles desapareceram — respondeu Faustino. — Pelo que todos dizem, eram brilhantes. Não perderam um único jogo durante dois anos. Eram os favoritos para ganhar a Copa do Mundo no Brasil, em 1950. Eram melhores que o time da Hungria ou da Itália. Bem melhores, alguns dizem. Iam trazer a taça para cá pela primeira vez.

— O que aconteceu?

— O time decolou para o Rio de Janeiro três dias antes da abertura. Mas nunca conseguiu chegar. Supostamente, o avião caiu na floresta. Daqui até o Rio era praticamente só floresta. Acham que eles pegaram alguma tempestade elétrica. O exército mandou aviões durante uma semana para fazer buscas. Mas nunca acharam nada. A floresta simplesmente os engoliu. Terrível.

O telefone tocou:

— Com licença — disse Faustino, e foi atender. Segundos depois, ouviu a porta fechar e olhou em volta. *Gato* tinha desaparecido. Faustino disse "Espere" para a pessoa ao telefone e saiu pelo corredor. Estava vazio, mas as portas do elevador estavam fechadas e a luz vermelha indicava que ele estava descendo.

Faustino voltou para o escritório. Deveria ter voltado ao telefone, mas não o fez. Foi até a mesa e puxou o álbum de fotos mais para perto da luz e observou. Olhou com atenção para a foto dos Desaparecidos. Especificamente, ficou olhando para a figura alta no meio da fileira de trás. Era difícil perceber de fato como ele era, já que ele usava um boné antiquado, e o topo lançava uma sombra densa sobre a parte superior de seu rosto, tapando por completo seus olhos.

Faustino estava tentando ler os nomes embaixo da foto quando percebeu que a Taça do Mundo não estava mais na mesa.

O GAVIÃO APROVEITAVA uma corrente de ar que subia com o sol da manhã. Seus olhos amarelos estavam fixos na trilha avermelhada que cortava as florestas lá embaixo. Era nessa trilha que animais rápidos e brilhantes corriam. Era naquela trilha que ele agora se alimentava. Ele não precisava mais caçar na copa da floresta, porque os animais rápidos e brilhantes matavam mas não paravam para comer. Deixavam carne na trilha onde haviam matado e continuavam a correr, com o urro baixo que faziam, sumindo aos poucos na distância. Ele não entendia aquilo, nem se importava em entender. Tudo o que precisava fazer era esperar no vento por uma morte e então descer para apanhar a presa.

Não precisou esperar muito tempo. O caminho ainda estava meio oculto pelo sol baixo quando a primeira lufada de poeira e o primeiro brilho da luz refletido na carcaça de um dos animais rápidos chamaram sua atenção. Ele se preparou, inclinando de leve no ar quente.

O carro era um quatro por quatro japonês meio castigado. Não o tipo de veículo que chamava atenção, e foi por isso que o homem que o dirigia o alugou, em vez do novo Mercedes-Benz que lhe fora oferecido. A estrada era difícil em alguns lugares, mas muito melhor do que se lembrava. O trânsito era leve; o desmatamento na floresta à sua frente estava apenas começando, e os caminhões pesados que levavam madeira de volta pela estrada não tinham começado o dia ainda. Uma ou duas vezes, ele desviou para evitar animaizinhos na estrada. Chegou à cidade na hora em que pretendia chegar — depois dos homens saírem para o trabalho, depois das crianças irem para a escola, e antes de as mulheres saírem de casa. Ficou surpreso ao ver uma placa na estrada que informava onde ele estava. Não havia essa placa da última vez que estivera ali. Naquela época, a cidade não tinha nome para colocar numa placa.

O motorista estacionou o Toyota ao lado da igreja e saiu. Depois de olhar ao redor durante um ou dois segundos — vendo se havia alguém olhando, talvez — abriu a porta de trás do carro e tirou do assento dois pequenos buquês de flores brancas e uma pequena mochila de couro. Trancou o carro e seguiu pela calçada rudimentar que levava até o cemitério.

Embora os túmulos estivessem dispostos em linhas retas com espaços iguais entre si, não havia um túmulo igual ao outro. Alguns eram vistosos, cobertos com pequenas estátuas pintadas, flores de plástico, brinquedos, pratinhos cheios de doces, bilhetes, até mesmo rosetas de times de futebol e figurinhas de jogadores. Alguns estavam cobertos de cascalho branco e limpo, enquanto outros eram retângulos nus de poeira, delineados por pedras rudimentares. A maioria tinha lápides pintadas de branco, feitas de concreto e com pequenos quadrados ocos que continham fotos por trás de um vidro. Todas as pessoas nas fotos davam a impressão de que a morte era a última coisa a passar-lhes pela cabeça.

Gato parou na frente de dois túmulos, um do lado do outro. Os dois estavam delineados com cuidado por pedras de um tom rosa pálido e cobertos de cascalho branco. As lápides eram diferentes, já que eram feitas de mármore caro. Em uma delas, a fotografia era de um homem de meia idade, feliz, com uma auréola de cabelo crespo. Na outra, a foto era de uma velha chamada Maria, que olhava para a câmera como se ela fosse uma arma. *Gato* colocou um buquê de flores brancas em cada túmulo. E então, ajoelhando-se, ele abriu o zíper da mochila e tirou uma medalha com uma fita dourada e roxa. Cavou um buraco no cascalho branco do túmulo do homem, colocou a medalha nele, e cobriu. Depois de alguns instantes, ele ficou de pé, levantou a mochila e saiu andando.

Ele imaginara que teria certa dificuldade para encontrar a casa, mas foi fácil. O que o surpreendeu, e também preocupou, é que ela não ficava mais à beira da floresta. A cidade havia feito as árvores recuarem; a área atrás da casa, onde porcos tinham chafurdado e galinhas ciscado, agora era uma rua rudimentar com carros estacionados. Novas casas com antenas de TV ocupavam o espaço a partir do qual seus caminhos partiam em direção à floresta. Mas a muralha escura de árvores ainda estava lá — recuada, mas ainda lá; ainda próxima, ainda escura — e isso lhe deu esperança. Ele contornou a parte de trás das casas e, sem muita dificuldade, achou a trilha que estava procurando. Ele a seguiu, sentindo-se muito inseguro, porque, da última vez que tentara voltar, não conseguiu e se perdeu. Mas, dessa vez, a floresta se abria para ele, deixava-o entrar. Ele entrou cada vez mais fundo em meio às árvores, através da escuridão estilhaçada, como se estivesse seguindo alguém em quem confiava. Então, dessa vez, quando ele puxou para o lado a cortina de folhas brilhantes e grossas e entrou na clareira impossível com seu gramado, ele não ficou nem um pouco surpreso. Ele entrou como se fosse um homem comum passeando por seu jardim numa manhã de verão.

Ele andou em meio ao denso silêncio até o gol e colocou a mão na trave esquerda, sentindo a textura da madeira antiga. Depois virou e foi para o centro da clareira, para o centro do espaço verde que havia mudado sua vida. Deixou a mochila de couro cair do ombro e a colocou na grama. Deu um passo para trás e esperou.

O Goleiro saiu do meio das árvores, uma mistura de si mesmo e sua sombra, como sempre. Quando chegou na beira da sombra das árvores e foi para a luz, seu contorno pareceu ficar um pouco mais firme. Como antes, seus olhos estavam perdidos na escuridão debaixo de seu boné antiquado. Ele parou a cinco metros de *El Gato*.

El Gato, é claro, tinha ensaiado o que ia dizer. Ou, para ser mais exato, tinha ensaiado diversos pequenos discursos, sem escolher um. Ele não sabia quanto o Goleiro já sabia. Esperava que o Goleiro fosse falar primeiro, mas isso não aconteceu.

Então, talvez estupidamente, *El Gato* disse:

— Eu voltei.

Os músculos no rosto do Goleiro movimentaram-se de um jeito estranho, como se ele estivesse tentando tirar algo preso em sua boca. Como se estivesse se lembrando lentamente como era falar. Seus lábios moveram e as palavras surgiram — um pouco fora de sincronia com os lábios, como sempre.

— Claro.

As palavras de *Gato* tropeçaram, desajeitadas:

— Desculpe por ter demorado tanto. Levei muito mais tempo do que achei que levaria. Eu pensei que poderia vir aqui quatro anos atrás. Pensar em você esperando, na sua longa espera, foi... foi...

— Foi o quê, filho?

— Foi algo que me perturbou. Me assombrou.

O Goleiro levantou a mão:

— E também fez de você alguém grande — disse ele. — Fez você completar uma coisa. E quanto ao tempo... — Ele deu de ombros. — Já estamos acostumados com ele. Para nós, é como a chuva — a gente sabia que ia chegar ao fim em algum momento. E que finalmente ficaríamos sob o sol.

— Eu tive medo de que você fosse pensar que eu havia fracassado — disse *Gato*. — Que eu não ia voltar.

— Nunca duvidei — disse o Goleiro.

E então houve um silêncio. O homem vivo e o homem que não havia conseguido morrer ficaram olhando um para o outro naquele silêncio sobrenatural.

O Goleiro foi o primeiro a rompê-lo. E disse, de um jeito calmo, formal:

— Acredito que você trouxe algo para nós. Estendeu os braços como um pai para o filho. A diferença é que eles tremiam.

El Gato abriu a mochila e tirou de lá algo do tamanho de um bebê, algo envolto numa camisa roxa e dourada. Desembrulhou a taça da Copa do Mundo e a levou até o Goleiro, e, quando o Goleiro a pegou, os dedos de ambos se tocaram brevemente. Era a primeira vez que os dois homens se tocavam. Os dedos do Goleiro não eram nem quentes nem frios, mas deixaram uma leve sensação de torpor nas mãos do homem vivo.

A mudança que se apossou do Goleiro foi sutil, mas também impressionante. Segurando a taça em suas mãos grandes, ele ficou mais sólido. Para *Gato*, era como se o personagem de um filme tivesse saído da tela, ou como se um reflexo tivesse se materializado e saído de um espelho. Ele agora era carne e osso, não ar. Projetava uma sombra no gramado, uma sombra de contornos definidos. Levantou o troféu acima da cabeça e ergueu o rosto para ele, e a luz que cintilava do ouro iluminou sua face. Pela primeira vez, *El Gato* viu os olhos do Goleiro: intensas pupilas negras dentro de anéis cor de âmbar. Brilhando com as lágrimas.

O Goleiro ficou imóvel durante vários segundos.

E então os Desaparecidos, os Mortos Que Esperavam, saíram da floresta.

Apareceram primeiro como uma interferência no campo de visão de *Gato*: vultos mais escuros dentro da escuridão das árvores. Depois, saíram para a clareira, tornando-se homens. Usavam as camisas antigas da seleção nacional, com listras verticais largas, roxas e douradas. O capitão, Di Meola, apareceu primeiro, e depois o técnico gordinho, Santino, em seu terno mal-acabado. Atrás dele, Miller, depois *El Louro*, o lateral de cabelos claros. Cabral, Vargas, Neruda, os outros. Reuniram-se ao redor do Goleiro, sem prestar nenhuma atenção em *El Gato*. Talvez não pudessem vê-lo. O Goleiro abaixou a taça e a entregou para Di Meola. Di Meola a beijou e então ajoelhou-se no gramado, colocando o troféu à sua frente. Dois jogadores ajoelharam-se perto dele, um de cada lado, e colocaram os braços nos ombros do outro. Os outros seis jogadores, com o Goleiro no centro e Santino à direita da fileira, ficaram atrás, de braços cruzados. *El Gato* entendeu que ele estava olhando, agora através de suas próprias lágrimas, para uma versão viva da fotografia que havia visto no escritório de Paul Faustino. Exceto que a mão de Di Meola não estava sobre uma bola, e sim sobre o troféu que ele fora destinado a ganhar. E que aqueles jogadores não estavam vivos.

Uma lufada de vento repentina e furiosa, impossível numa manhã tão calma, fez as árvores se movimentarem. Um urro baixo, como o de uma torcida vibrando à distância, encheu a clareira durante um breve instante. *Gato* olhou para as copas das árvores em movimento, maravilhado com sua energia; e, quando voltou a olhar para os Desaparecidos, eles já estavam desaparecendo. O Goleiro foi o último a sumir, com o braço direito levantado. Seus olhos morreram feito estrelas com a luz da manhã.

El Gato pegou a taça da Copa do Mundo, um pedaço de metal inútil, de valor inestimável e mágico. Enrolou-a na camisa, colocou-a dentro da mochila de couro, e saiu da clareira para o meio das árvores. A cortina de folhas brilhantes e grossas fechou-se atrás dele.

Quase imediatamente a floresta enviou seus finos dedos verdes para a clareira de onde ele havia saído, em busca de novos espaços para crescer.

1ª edição agosto de 2013 | **Diagramação** RVStudio | **Fonte** Bembo
Papel Offset 75g | **Impressão e acabamento:** Yangraf